# KÜSST MICH VERRÜCKT

## BRIDGEWATER COUNTY - BUCH 6

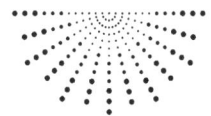

## VANESSA VALE

## HOLEN SIE SICH IHR KOSTENLOSES BUCH!

TRAGEN SIE SICH IN MEINE E-MAIL LISTE EIN, UM ALS ERSTES VON NEUERSCHEINUNGEN, KOSTENLOSEN BÜCHERN, SONDERPREISEN UND ANDEREN ZUGABEN ZU ERFAHREN. SIE ERHALTEN EIN KOSTENLOSES BUCH FÜR IHRE ANMELDUNG! TRAGEN SIE SICH IN MEINE E-MAIL LISTE EIN, UM ALS ERSTES VON NEUERSCHEINUNGEN, KOSTENLOSEN BÜCHERN, SONDERPREISEN UND ANDEREN ZUGABEN ZU ERFAHREN. SIE ERHALTEN EIN KOSTENLOSES BUCII FÜR IHRE ANMELDUNG!

kostenlosecowboyromantik.com

# KOSTENLOSES DEUTSCHES BUCH

USA TODAY BESTSELLING-AUTORIN

# VANESSA VALE

# KAPITEL EINS

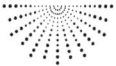

VERY

„DAS HATTE ICH NICHT GEMEINT, als ich sagte, ich würde euer Hotelzimmer mit euch teilen." Meine Stimme klang atemlos und angereichert mit Gelächter. Dies mochte zwar nicht das sein, was ich geplant hatte, aber ich würde mich sicherlich nicht beschweren. Abgesagte Flüge waren nervig, aber ich verbrachte gerne eine Nacht in einem Flughafenhotel, wenn dies meine Belohnung war.

Mein Kopf fiel zurück, als ich nach Luft schnappte. Jacksons Lippen bewegten sich zu meinem Hals, saugten und leckten, während er seine Hüften gegen meine drückte. Mir konnte die harte Länge seines Penis nicht entgehen, als er mich zwischen seinem dünnen Körper und der Tür des Hotelzimmers gefangen nahm. Meine Beine schlangen sich um seine Taille und eine seiner großen Hände umfasste meinen Hintern. Drückten.

Gott, ja.

Jackson hob seinen Kopf, um auf mich hinunter zu grinsen. Er hatte immer noch das gleiche jungenhafte, gute Aussehen, für das ich bereits in der High-School geschwärmt hatte, als er ein Star des Bridgewater Baseballteams gewesen war. Er hatte mich damals kaum bemerkt, aber jetzt…

Donnerwetter, jetzt hatte ich seine ganze Aufmerksamkeit. Genauso wie meine Nippel. Und meine Pussy.

„Willst du mir damit etwa sagen, dass du lieber am Gate schlafen und auf einen Morgenflug zurück nach Hause warten würdest?", fragte er, wobei seine Stimme ein raues Grollen an meinem Hals war.

Ich schüttelte meinen Kopf, während seine freie Hand meine Brust durch mein Oberteil umfasste. Meine Augen schlossen sich und ich versuchte, ihm zu antworten, als er seinen Daumen über meinen Nippel strich. „Oh Scheiße. Ich will sagen…ähm, Gott sei gedankt für Zufälle, Schneestürme und überbuchte Hotels."

Der scharfe Biss von Jacksons zwickenden Fingern auf meiner harten Spitze öffnete meine Augen wieder, ein Schrei entwich meinen Lippen. Mein Slip? Völlig ruiniert.

Sein antwortendes – und absolut umwerfendes – Lächeln sorgte dafür, dass mein Magen einen Salto vollführte.

*Heilige Scheiße, ich machte mit Jackson Wray rum. In einem Flughafenhotelzimmer in Minneapolis. Wie war das passiert? Schicksal?*

Er kreiste seine Hüften, rieb seinen harten Schwanz an mir und ich biss auf meine Lippe, um ein Wimmern zu unterdrücken. „Braves Mädchen."

Sein Mund war zurück auf meinem, seine Zunge ging auf Erkundungstour, sein kurzer Bart war weich und kitzelte ein wenig. Seine Hände wanderten zu dem Saum meines dicken Rollkragenpullovers, fanden die nackte

Haut darunter und glitten nach oben, um meine Brüste zu umfassen. Da mochten zierlicher Stoff und Spitze sowie meine harten Nippel zwischen seinen schwieligen Händen gewesen sein, aber es verhinderte nicht mein antwortendes Stöhnen.

„Ja", wimmerte ich. Er hatte schnell herausgefunden, wie empfindlich sie waren. Wenn er so weitermachte, würde er mich zum Orgasmus bringen. Ich war schon fast dort und wir hatten immer noch unsere Kleider an.

„Ich dachte, ich wäre der Brüste-Mann." Die leise Stimme erklang hinter Jackson.

Ich zog mich zurück, um über seine Schulter zu schauen.

Dash McPherson. Wie hatte ich vergessen können, dass er hier war? Oh ja, Jacksons Kuss, der mir den Verstand raubte, und seine Finger, die an meinen Nippeln zupften.

Mit einem glühenden Blick und diesem verdammten Grübchen, das erschien, als er mich anlächelte, sah Dash jetzt sogar noch besser aus, als er es damals mit siebzehn getan hatte. Sie waren beide hier. Dashs braune Haare waren eine Spur zu lang, wodurch seine kantigen Gesichtszüge etwas weniger einschüchternd wirkten, aber nur etwas. Und dieses Grinsen. Schelmisch und verlockend zugleich. Dieser dunkle Blick des Verlangens aus verengten Augen…brachte meinen Körper nach wie vor zum Zittern, besonders da er direkt auf mich gerichtet war.

Vielleicht konnte Jackson meine Reaktion fühlen, denn sein Arm um mich herum spannte sich an und er hob mich von der Tür weg, drehte uns herum und stellte mich zwischen ihnen beiden auf die Füße. „Ich erzähle Avery gerade, was für ein braves Mädchen sie ist, weil sie zulässt, dass wir uns heute Nacht um sie kümmern."

Dash lachte. „Als ob wir dich beim Gate hätten

schlafen lassen. Es ist nicht nur nicht sicher, sondern auch unglaublich unbequem."

Ich spitzte meine Lippen. „Ich kann gar nicht mehr zählen, wie oft ich das schon tun musste. Bei meinem Job lebe ich praktisch in Flughäfen."

Dash kreuzte seine Arme vor seiner breiten Brust, wodurch sich der Stoff seines langärmligen, warmen Hemdes dehnte. Jacksons Hände legten sich auf meine Schultern, er lehnte sich von hinten an mich und küsste mich direkt hinter mein Ohr. Ich erschauderte und zwar nicht, weil mir kalt war. „Und wie viele Male hast du mit zwei Männern ein Zimmer geteilt?"

Ich hörte einen Hauch Ärger, aber er war nicht auf mich gerichtet. Es war seine Besitzgier, die sich zeigte. Ich hatte ihn seit Jahren nicht gesehen und plötzlich war er ein völliger Alpha-Mann. Na ja, nicht plötzlich. Ich hatte gehört, dass sie beide Tierärzte waren und ihre eigene Tierklinik in der Stadt führten.

Sie waren klug *und* umwerfend. Ich erinnerte mich daran, dass sie schon in der High-School so gewesen waren. Aber jetzt waren sie älter. Dash brachte sie – die Besitzgier – auf ein völlig neues Niveau. Und dieses Niveau ließ meine Klitoris pulsieren.

„Ihr seid nicht einfach *nur* zwei Männer", wandte ich ein. „Es ist lange her, aber ich kenne euch Jungs. Wir sind zusammen zur High-School gegangen."

Dash musterte mich einfach weiterhin mit einer gehobenen dunklen Braue.

„Ihr seid sehr besitzergreifend", antwortete ich und sprach das Offensichtliche aus.

„Oh Schatz, du hast keine Ahnung", entgegnete er, trat auf mich zu und strich mir die Haare aus dem Gesicht. Sie waren wild und verrückt und blieben nie da, wo sie sollten, nicht einmal in einem schlampigen Pferdeschwanz. „Egal, ob wir heute Nacht irgendetwas tun oder nicht, ob du uns erlaubst, dich auszuziehen und zum Orgasmus zu bringen, du wirst nicht in einem verdammten Flughafen schlafen. Wir sind mit unserer Konferenz hier fertig und wir werden dich sicher nach Hause begleiten."

Auch wenn wir für die Nacht in Minnesota feststeckten, so waren wir doch alle auf dem Weg nach Bridgewater. Ich war ihnen am Gate über den Weg gelaufen, da wir drei alle den gleichen Flug gebucht hatten. Den abgesagten Flug.

Ich war zwar in der Kleinstadt in Montana geboren und aufgewachsen, aber ich hatte sie fürs College verlassen und ging selten zurück. Nicht bei meiner verrückten Familie. Aber die Hochzeit meiner Schwester war nicht etwas, das ich umgehen konnte, also war ich hier. Fast zurück in Bridgewater. Nicht zu Hause. Dash und Jackson betrachteten Bridgewater als ihr Zuhause, aber ich nicht. Ich hatte kein wirkliches Zuhause. Ich lebte aus meinem Koffer und zuletzt war er unter einem schmalen Bett in einem *Casa* in Mexiko gestopft gewesen. Als Reisejournalistin wurde ich nicht sesshaft, besonders nicht in Bridgewater.

Der stornierte Flug war wie eine Galgenfrist. Eine Verzögerung für die Rückkehr zu meinen streitenden Eltern und jedem offenkundigen Grund, warum ich immer wieder ging. Es mochte zwar Dezember sein und Weihnachten war nur noch zwei Wochen entfernt, aber meine Familie war nicht wie ein Gemälde von Norman Rockwell. Ich wusste, dass meine Eltern keinen Baum oder irgendeine Art von Weihnachtsdekoration haben würden. Sie machten sich die Mühe nicht. Sie machten sich nicht einmal die Mühe, miteinander auszukommen.

„Ich werde die Nacht nicht am Flughafen verbringen. Ich werde eure Gastfreundschaft nicht ablehnen. Außerdem hatte Jackson gerade seine Hand unter meinem T-Shirt und ich denke, er hat einen Knutschfleck auf meinem Hals hinterlassen. Ich bin mir nicht sicher, wie das möglich war, da ich einen Rollkragenpulli trage", grummelte ich und zupfte an dem hohen Kragen. „Ich denke, die Chancen stehen ziemlich gut, dass ihr zwei heute Nacht Glück haben werdet."

Eine wilde Sex-Party mit zwei Jungs, für die ich in der High-School geschwärmt hatte. Und nach ihrem Aussehen zu schließen, waren sie nicht länger Jungs. Nein, mit siebenundzwanzig waren sie *ganze* Männer. Groß, breitschultrig. Muskulös. Nicht *kantig*.

Ich wollte sie, wollte ihr Gewicht spüren, wenn sie mich ins Bett pressten, wenn ich mich am Kopfbrett festhielt, während sie mich von hinten nahmen. Während sie an meinen Nippeln saugten. Meine Muschi berührten. Zur Hölle, sie leckten.

Ich war keine Jungfrau und ich würde auch nichts anderes vortäuschen. Ich war mit Männern zusammen gewesen. Männern, die ich während meiner Reisen für die Arbeit getroffen hatte. Männern, die mir nicht mehr bedeutet hatten als ein Weg zu einem schnellen Orgasmus. Nachdem ich meine ganze Kindheit meine Eltern beim Streiten beobachtet hatte, hatte ich keine Ahnung, wie eine richtige Beziehung aussehen könnte. Wenn es Ähnlichkeit mit ihrer hatte, hatte ich kein Interesse daran. Das war der Grund, warum ich das Körperliche genoss, aber das war alles. Keine Bedingungen. Kein Daten.

Die Ehe meiner Eltern war völlig unnormal für Bridgewater. Fast alle Ehen waren solide, die Ehemänner – ja, beide von ihnen – waren besitzergreifend und sehr beschützend gegenüber ihrer Frau. Zärtlich. Liebevoll. Mein Dad war überhaupt nicht so. Zur Hölle, er hatte eine ganze Reihe Geliebte und meine Mom stellte sicher, dass sie nicht einsam war. Warum sie nach fast dreißig Jahren immer noch zusammen blieben, verstand ich nicht, aber es war, als würde man einen Autounfall beob-achten − überall liegen Sachen verteilt herum, Leute sind verletzt und es gibt keine Möglichkeit, es besser zu machen. Ich hatte es satt, immer das Mittel zu sein, das ihrem Streit noch Nahrung gab. Das war der Grund, warum ich wegblieb. Ich hatte letzten Sommer zwischen meinen Aufträgen für ein Wochenende dort einen Stopp eingelegt auf meinem Weg von Alaska zu den Florida Keys, aber ich hatte mehr Zeit mit Tante Louise verbracht als mit irgendjemandem sonst.

Und jetzt würde ich nach Bridegwater zurückgehen. Mir graute vor jeder einzelnen Minute dort, besonders vor dem algengrünen Brautjungfernkleid, das ich tragen würde. Meine Mutter hatte mir ein Foto per E-Mail geschickt, während ich in Mexiko war. Vielleicht war diese Nacht eine Galgenfrist, eine Galgenfrist mit zwei umwerfenden Männern, von denen ich hoffte, dass sie sehr bald nackt sein würden. Eine Nacht, an die ich mich erinnern konnte, wenn ich in meinem Kindheitsbett liegen und meinen Eltern beim Streiten zuhören würde. Ich hegte keinen Zweifel daran, dass Jackson und Dash der Mittelpunkt meiner Gedanken sein würden, während ich mir monatelang − nein, jahrelang − mit meinem Vibrator einheizte.

Vibratoren hatten keine Affären, gaben einem kein Kontra. Und ich war nicht diejenige, die benutzt wurde.

„Glück?", fragte Jackson mit den Händen auf meinen Schultern, während er mich näher zum Bett schubste. Seine Daumen drückten sanft in meinen Rücken. „Es war Glück, dass wir dich am Gate gefunden haben, dass wir auf dem gleichen Flug waren. Dass wir die Nacht mit dir verbringen werden."

„Dass wir mit dir zurück nach Bridgewater reisen werden", fügte Dash hinzu. Er zog seine Fließjacke aus. Es war eiskalt draußen, weit unter null Grad und der

Schnee flog dick und seitlich vor dem Fenster vorbei und dennoch trug er nichts Wärmeres.

„In Bezug darauf, was wir mit dir tun werden, ist jedoch kein Glück involviert." Jacksons schelmisches Grinsen kehrte zurück und ich sollte verdammt sein, wenn es nicht absolut hinreißend zusammen mit seinem Bart aussah. Während sein Haar braun war wie Dashs, war es doch einige Schattierungen heller. Ich hatte gefühlt, wie weich es war, als er mich geküsst hatte und ich fragte mich, wie es sich an…anderen Stellen anfühlen würde. Wie zum Beispiel zwischen meinen Schenkeln. Wie es wohl sein würde, wenn ich meine Finger darin vergraben würde, während er mich zum Höhepunkt brachte. Und ich wusste, er würde in der Lage sein, es zu tun. Dash ebenfalls.

Ich hatte noch nie mit einem Kerl aus Bridgewater geschlafen, geschweige denn zweien. Aber, wenn ich es tun würde und ich würde…waren Jackson und Dash definitiv meine Fantasiemänner und ich wusste, heute Nacht würde ein wilder Ritt werden. Wir mussten nirgends sein, bis sich der Schneesturm aufgelöst hatte und das Flugverbot aufgehoben wurde. Es gab keine anderen Hotelzimmer – das war der Grund, warum sie mir angeboten hatten, ihres mit ihnen zu teilen – selbst wenn ich eines gewollt hätte.

„Was macht ihr in Minneapolis? Was hat euch zu meinem Gate geführt?", fragte ich lächelnd. Wir hatten nicht viel geredet, seit wir zu dem angeschlossenen Hotel gelaufen waren und es geschafft hatten, ein Zimmer zu bekommen.

„Tierarztkonferenz", antwortete Jackson.

„Stimmt", erwiderte ich und betrieb Small Talk, obwohl ich sie gerade förmlich mit meinen Augen fickte. „Ihr Jungs habt eine Klinik in der Stadt eröffnet, richtig?"

Ich erinnerte mich daran, dass ich es von meiner

Schwester gehört hatte. Jackie hatte Bridgewater nie verlassen. Zur Hölle, sie hatte nie ihren High-School Job als Kellnerin im einheimischen Barbecue-Restaurant verlassen. Wir hatten in diesen Tagen so gut wie gar nichts gemeinsam. Also bestanden unsere Konversationen daraus, dass sie mich über den Stadtklatsch informierte. Ausnahmsweise erwiesen sich ihre ständigen Kommentare als nützlich.

Dash nickte. Keiner von ihnen berührte mich, aber ihre Blicke waren heiß und verdammt sexy.

„Genug Small Talk", beschloss er.

„Ich stimme zu. Wie Jackson sagte, war es Glück, dass wir uns über den Weg gelaufen sind. Eine Nacht zusammen, in einem Hotelzimmer festzustecken und nichts zu tun zu haben", ich zuckte mit den Achseln, „warum sollten wir nicht ein wenig Spaß haben, während wir hier festsitzen? Wie ich sagte, war ich zuvor noch nie mit zwei Männern zusammen, aber ich habe definitiv darüber nachgedacht. Zeigt ihr mir, was ich verpasst habe?"

„Du hast darüber nachgedacht?" Dashs Mundwinkel verzogen sich nach oben. „Ich denke, du hast es völlig falsch verstanden, Jackson", sagte er zu seinem Freund, aber hielt seine Augen auf mich gerichtet. „Es scheint, dass die kleine Avery hier schrecklich versaut geworden ist."

Meine Knie wurden schwach bei der Art, wie er das Wort *versaut* aussprach, so dass Dash einen Arm um mich schlang, um mich aufrecht zu halten. Verdammte Hölle, ich fühlte mich in der Nähe der beiden versaut. Mein Gehirn war zu verruchten, schmutzigen Plätzen gewandert – zwischen ihnen.

Dash hielt mich eng an seine harte Brust gedrückt und ich spürte, wie sich Jackson hinter mir bewegte, so dass ich zwischen ihnen eingeklemmt war, ihre steinharten Körper hielten mich gefangen und aufrecht.

Jackson schob meine langen, braunen Locken zur Seite, als er meinen Hals, so gut er es mit meinem Pullover im Weg konnte, liebkoste. Da war wieder dieser kitzelnde Bart. „Wir wollen dies schon seit langer Zeit tun, Liebling. Schon seit der High-School, als wir noch geile Teenager waren. Du bist seitdem unser Fantasy-Mädchen. Wir waren jedes Mal, wenn wir dich sahen, wenn du nach Hause kamst, scharf auf dich, aber hatten uns nie ausgemalt, dass es passieren würde. Bis jetzt. Verdammt, ja."

Ich wimmerte. Ja, seine Ehrlichkeit war verdammt heiß, besonders, da ich nicht glaubte, dass ich so ein großer Fang war. Aber sie hatten mich gewollt seit… Jahren? Während ich ihre harten Schwänze, die gegen mich drückten, spürte, konnte ich auch ihr angestautes Verlangen, in mich einzudringen, fühlen.

Gott, ja.

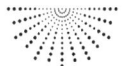

 VERY

„Du willst, dass wir dich beide ficken? Damit du sehen kannst, was du verpasst hast?", fragte Jackson, verhakte seine Finger in dem hohen Kragen meines Pullis, zog ihn herunter und küsste mich. Natürlich neigte ich meinen Kopf zur Seite, um ihm besseren Zugang zu gewähren. Die zauberhaften Dinge, die sein Mund machte, ließen mich nach Luft ringen. Oder vielleicht war es die Vorstellung, mit diesen beiden Männern zu vögeln, die mich atemlos machte. Es war nicht so, dass ich von der Idee geschockt war – wir waren alle in Bridgewater aufgewachsen und sehr vertraut mit der Vorstellung von Dreiern. Ich war nicht prüde oder so, aber nachdem ich Bridgewater hinter mir gelassen hatte, hatte ich schnell herausgefunden, dass eine Dreierbeziehung außerhalb meiner Heimatstadt lange nicht so normal war.

Ich nickte und neigte meinen Kopf sogar noch mehr.

Ich war frustriert von meinem Rollkragen und Jacksons Unfähigkeit mehr von meiner nackten Haut zu küssen. „Die Gelegenheit hat sich nie ergeben", erklärte ich, während ich versuchte, Worte zu formen, trotz der Tatsache, dass ihre Hände mich überall berührten, meine Brüste umfassten und meinen Hintern drückten. „Aber ich bin definitiv offen für die Idee."

Oh ja. Vier Hände, zwei Münder, zwei Schwänze. Jede Menge Orgasmen? Was könnte ein Mädchen sonst noch wollen?

Jacksons Fuß stupste meinen, wodurch er mich zwang, meine Beine weiter auseinander zu schieben und ich spürte, wie seine Hand nach unten über meinen Hintern glitt, um von hinten meine Pussy durch meine Jeans zu umfassen. „Definitiv offen", murmelte er. „Feucht für uns?"

Ich machte ein Geräusch für „Ja", als sich Dash zu mir beugte und seine Zunge meine fand.

Er zog sich lange genug zurück, um Jacksons frühere Worte zu wiederholen. „Braves Mädchen."

Ich versuchte, mich zu ärgern – ich war absolut keine von diesen Frauen, die es antörnte, ein Mädchen genannt zu werden, wenn ich doch alles andere als eines war, aber die Worte fühlten sich von ihm nicht herablassend an. Ich fühlte mich seltsamerweise…wertgeschätzt. Ihr Lob und das Gefühl ihrer harten Penisse sowie das Wissen, dass ich sie befriedigt hatte, wärmten mich von innen. Dash küsste mich wieder für ein oder zwei Sekunden sanft, dann wechselte er schnell zu begierig. Verlangend, um sich ihren Händen anzupassen.

Ich wollte sie so berühren, wie sie mich berührten. Nachdem ich den Saum von Dashs Hemd gepackt hatte, zog ich es nach oben, aber Jacksons Hand legte sich auf meine und hielt mich auf. „Nein. Noch nicht, Liebling."

Ich drehte mich leicht, um ihn finster anzublicken. „Warum nicht? Ich will euch zwei sehen."

Dash antwortete, als er meine Hände aus dem Weg räumte. „Weil wir seit der High-School davon träumen dich zu ficken, Schatz." Er zog geschickt meinen Rollkragenpulli nach oben. Ich musste meine Arme über meinen Kopf heben, damit er ihn mir vollständig ausziehen konnte. „Wir werden dies auf unsere Weise machen."

„Eure Weise?"

Sein herrischer Ton hätte mich empören sollen…also warum zur Hölle wurde dann mein Slip feucht? Nein, feuchter. Ruiniert.

Als ob er meine Gedanken lesen könnte, schenkte mir Dash ein selbstzufriedenes Lächeln. „Entspann dich einfach und übergib uns die Kontrolle. Ich verspreche, es wird dir gefallen."

Ja, ich glaubte nicht, dass er darüber log.

Jackson griff mit seiner Hand um mich, öffnete den Knopf meiner Jeans und zog den Reißverschluss nach unten, bevor er meine Hose von den Hüften schob. Nach einer schnellen Bewegung stand ich in nichts als meinem BH und Slip da.

„Scheiße", brummelte Jackson hinter mir. „Du bist sogar noch heißer, als ich es mir vorgestellt habe." Als ich mich drehte, um ihn anzuschauen, schenkte er mir wieder dieses jungenhafte Grinsen, das früher alle Mädels zum Schwärmen gebracht hatte. „Und vertrau mir, ich habe verdammt viel Zeit damit verbracht, mir vorzustellen, wie du unter deiner Uniform aussiehst."

Ich runzelte die Stirn. „Uniform?"

Dann erinnerte ich mich und errötete. Ich errötete nie. Er meinte vor langer Zeit, als ich eine Cheerleaderin war. Der Gedanke, dass Jackson Fantasien über mich hatte, bewirkte mehr bei mir, als es sollte.

„Das war in der High-School."

„Ich habe dir doch erzählt, dass wir seit langer Zeit an dir interessiert sind. Wenn du nach Hause kommst, finde diesen kleinen Cheerleader-Rock. Vielleicht kannst du ihn anziehen und ich kann ihn nach oben werfen und dich vögeln, wie ich es mir vorgestellt habe."

Ich musste über Jackson lachen. „Du warst ein kleiner Perversling", stellte ich fest.

„Ich denke, die Bezeichnung lautet versaut." Er grinste. „Und ja, mit dir? Definitiv."

„Dir gefallen also Rollenspiele?"

Er beugte sich nach unten und küsste mich sanft, während seine Hände zu meinen Hüften gingen. „Mit dir gefällt mir alles."

Oh.

Dash trat einen Schritt zurück und Jackson begab sich zu seiner Seite, so dass sie mich beide anschauen konnten.

„Zeig uns deine fantastischen Brüste", sagte Dash.

Nein, er befahl es, während er auf meinen hellpinken BH starrte. Ich schickte einen kleinen Dank zu den BH-Göttern, dass ich keinen schlichten angezogen hatte, als ich heute Morgen aufgestanden war. So wie er mich beäugte, als ob er nicht erwarten könnte, seine Hände – und Mund – auf sie zu legen, wurde mir bestätigt, dass er wirklich ein Brüste-Mann war.

Ich saugte schnell Luft ein. Ich wollte nicht von seinem befehlenden Tonfall erregt werden, aber er machte etwas mit mir. Es war, als hätte seine Stimme eine direkte Verbindung zu meiner Klitoris.

Ich senkte einen Träger und dann den anderen, wobei ich in der Art schwelgte, wie sich ihre Augen beim Anblick meiner Brüste verdunkelten, als sie Zentimeter für Zentimeter entblößt wurden. Nach hinten greifend, öffnete ich die Häkchen und ließ den BH zu Boden fallen. Als sie sich nicht bewegten und nichts taten, außer zu starren, machte ich einen Schritt auf sie zu.

„Nicht so schnell", forderte Jackson. Scheiße, sogar der süße, liebenswerte Jackson klang herrisch. Er kam zu mir, seine Finger fuhren über die entblößte Haut, so sanft, dass ich auf meine Lippe beißen musste, um mich davon abzuhalten, aufzuschreien. Meine Hände sehnten sich danach ihn ebenso zu berühren, aber ich wusste, ich würde wieder gerügt werden, würde ich es versuchen.

Dies zu wissen, veranlasste meine Muschi dazu, schmerzhaft zu pochen und ich drückte meine Schenkel zusammen.

Dash drehte mich so, dass ich dem Spiegel über dem Schreibtisch gegenüberstand. Ich beobachtete, wie seine Hände die Bräunungslinien auf meiner Schulter nach-zeichneten und noch tiefer bis dahin wo sie ein kleines, weißes Dreieck auf meinen Brüsten formten, dann nach unten, um meine Nippel zu umkreisen. Ich konnte Jackson hinter uns sehen und wie er uns mit seinem ernsten Blick musterte.

„Wo hast du so einen winzigen Bikini getragen, Schatz?", fragte Dash.

Er musste nicht den knallpinken Zweiteiler in meinem Koffer sehen, um zu wissen, dass er winzig war.

Mein Mund war trocken. Ich war so fokussiert auf den Anblick seiner großen, schwieligen Hände, die meine Brüste umfassten, dass ich nicht antworten konnte. Das Gefühl ließ mich erschaudern und meine Nippel richteten sich noch weiter auf.

Als ich nicht antwortete, zwickte er die harten Spit-zen, während Jackson einen Schritt nähertrat. „Er hat dir eine Frage gestellt."

Oh Gott, diese Stimme war köstlich. „Ähm, Mexiko", brachte ich hervor. „Ich war für einen Auftrag in Tulum. Von dort kam ich heute Morgen."

Ich konnte Dashs Lächeln an meinem Hals fühlen. „Du warst im Dezember an einem Strand in Mexiko, aber du hast dich entschlossen, für die Feiertage nach Montana zurückzukommen? Du musst den Schnee lieben."

Kaum. „Die Hochzeit meiner Schwester", antwortete ich zwischen dem Luftholen. Meine Güte, hatten sie beschlossen, dass jetzt die Zeit war, um uns gegenseitig aufs Laufende zu bringen? Über meine Schwester zu reden, meine Familie im Allgemeinen, war der größte Erregungskiller aller Zeiten. Ich hoffte nur, dass sie keine Fragen zur Hochzeit stellen würden. Das Letzte, was ich wollte, war über irgendetwas davon zu reden, während ich fast nackt war und Dash McPherson mich befummelte.

Er runzelte im Spiegel die Stirn und seine Hände hielten inne. „Tulum? Gab es dort nicht neulich eine Schießerei?"

Ich nickte und schob meine Brust nach vorn in der Hoffnung, dass er den Hinweis verstehen und wieder anfangen würde mit ihr zu spielen. Darüber wollte ich auch nicht reden. Niemals, aber besonders nicht jetzt, wo ich so auf diese Hände und die Art, wie er mich berührte, fokussiert war. Die Schießerei hatte nichts mit meinem Auftrag zu tun und auch wenn ich nicht in der direkten Schusslinie gewesen war...so war es doch nah genug gewesen. Ich hatte die Schüsse und das darauffolgende Chaos gehört. Ich schüttelte meinen Kopf, um diese Erinnerung zu verscheuchen.

Dashs Blick war besorgt und ich hatte Angst, dass er mehr Fragen stellen würde. Dies sollte keine Therapiestunde werden, Herrgott nochmal. Dies war ein One-Night-Stand. Es musste doch eine Regel geben, die besagte, dass man kein ernstes Gespräch führte.

Als Dash auf seine Knie fiel und befahl, „Spreiz deine Beine", schien der Small Talk vorbei zu sein. Dies waren die Worte, die ich gern hörte.

Ich reagierte schnell auf den barschen Befehl. Zu schnell, wobei ich meine Beine wieder einmal weit auseinanderstellte. Scheiße, ich hasste es herumkommandiert zu werden. „Wann darf ich denn das Sagen haben?", wollte ich wissen.

Dash grinste zu mir hoch, aber anstatt zu antworten, lehnte er sich nach vorne und vergrub sein Gesicht zwischen meinen Schenkeln. Sein feuchter, heißer Mund legte sich auf meinen Slip. Diese dünne Seide war das Einzige, was seine Zunge von meiner Muschi fernhielt und die heiße Reibung war qualvoll. Ich schrie auf und Jackson trat direkt hinter mich, um mich aufrecht zu halten. Er reichte um mich herum, spielte mit meinen Nippeln, zwickte und rollte die empfindlichen Spitzen, während ich meinen Rücken in dem Bestreben nach mehr wölbte.

Ich konnte spüren, wie sich die vertraute Spannung in mir aufbaute. Donnerwetter. Ich war noch nie zuvor so schnell auf einen Orgasmus zugerast. Normalerweise benötigte ich ein wenig Assistenz von meinem Vibrator, aber mein Körper ging von null auf hundert bei dem Gefühl der zwei Männer, die mich reizten. Allein sie zu sehen, schien ein Vorspiel zu sein.

„So nah", keuchte ich, während meine Hände Dashs Kopf packten, um ihn genau…dort…zwischen meinen Schenkeln zu halten. „Hör nicht auf."

Aber sobald ich die Worte aussprach, zog sich Dash zurück und schenkte mir dieses gelassene Grinsen. „Nicht so schnell, Schatz. Wir haben eine lange Nacht vor uns."

Ich glotzte ihn an, bereit für die Erlösung zu betteln, aber bevor ich konnte, wirbelte er mich herum, so dass meine Brüste gegen Jacksons Brust gedrückt wurden. Jackson küsste mich, während Dashs Hand auf meinen Hintern schlug.

„Was –?"

Ich zuckte wegen des unerwarteten Brennens zusammen, aber dann stöhnte ich in Jacksons Mund, als sich meine Pussy zusammenzog und nach mehr bettelte. Mir war noch nie zuvor der Hintern versohlt worden und obwohl es nicht so hart gewesen war, war es…Heilige Scheiße. Heiß.

Dashs Hände kamen nach oben, seine Finger wanden sich um den Gummibund meines Slips und zogen ihn runter. Seine Lippen pressten sich auf das erhitzte Fleisch, das er gerade geschlagen hatte.

Als mein ruinierter Slip um meine Knöchel hing, gab er mir einen weiteren spielerischen Klaps. „Geh aufs Bett."

Oh Scheiße, wann war Dashs Stimme so streng geworden? Ich starrte ihn für eine Minute in verblüfftem Schweigen an, während Jackson zur Seite trat, mir Platz machte und mich entscheiden ließ, was als nächstes passierte.

„Sei ein braves Mädchen und leg dich auf das Bett", verlangte Dash, wobei seine Stimme eine Spur sanfter war. „Spreize diese Beine für uns und lass uns deine feuchte Muschi sehen."

Sanfter, aber immer noch versaut. Ich wollte dies. Ich wollte sie. Ich tat, was er gefordert hatte und ging zum Bett.

Legte mich zurück.

Spreizte meine Beine.

Zeigte ihnen meine feuchte Pussy.

Und dann zeigten sie mir die wilde Nacht, die ich mir vorgestellt hatte.

# KAPITEL DREI

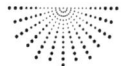

ASH

DIE HEIZUNG in meinem Truck brummte vor sich hin, aber ich musste trotzdem noch in meine Hände blasen, damit sie nicht erfroren. Ich spähte aus dem Seitenfenster auf das wie gemalt wirkende Haus von Jacksons Eltern mit seinem rauchenden Schornstein und Lattenzaun. Weiße Weihnachtslichter hingen von der Dachrinne und wirkten wie Eiszapfen. Ein riesiger Kranz mit einer großen roten Schleife hing an der Eingangstür und Stechpalmen hingen in Girlanden entlang der Verandabrüstung.

Sie gerieten immer in Weihnachtsstimmung. Normalerweise wäre ich glücklich gewesen, dort reinzugehen und Jacksons Mom zu erlauben, Essen vor mich zu schieben, während ich auf ihn wartete, aber wir mussten woanders hingehen und es konnte nicht warten. Ihre jährliche Weihnachtsparty würde bald anfangen und zweifellos würde ich in irgendwelche Vorbereitungen gezogen werden, von denen ich wusste, dass Jackson momentan dazu getrieben wurde, sie zu tun. Es war schwer – nein unmöglich – zu seiner Mom Nein zu sagen. Und das war der Grund, warum ich hier draußen war. Ich war seine Ausrede, damit er gehen konnte.

Seit dem Moment, in dem wir gestern Morgen in dem Hotelzimmer in Minneapolis aufgewacht waren, nur um festzustellen, dass Avery weg war, hatte ich schlechte Laune gehabt. Ich hätte die Zeit, die seitdem vergangen war, mit dem schiefen Lächeln eines gutgefickten Typen verbringen sollen, aber nein. Das hatte ganze zehn Sekunden angedauert, bis ich herumgerollt war und ihre Stelle kalt vorgefunden hatte. Ich hatte kein Interesse daran, mich an Jackson zu kuscheln und ohne sie zwischen uns, fühlten wir uns wie Idioten.

Wir fühlten uns wie Idioten, weil sie sich weggeschlichen hatte. Sie hatte den Heimlichkeitsmodus angeschaltet, obwohl wir mit ihr für den größten Teil der Nacht Sex gehabt hatten. Wir konnten einfach nicht genug bekommen. Und sie auch nicht, zumindest bis zur Dämmerung, als wir endlich umkippten. Und als sie nicht am Gate war, als unser Flug bereit für den Abflug war, hatten wir angenommen, dass sie auf einem anderen Weg nach Hause gegangen war oder dass sie an einem heißen Strand in Mexiko war und an diesen unglaublich sexy Bräunungslinien arbeitete.

Das bedeutete jedoch nicht, dass wir nicht ihren Arsch aufspüren und versohlen würden.

Nachdem wir das getan hatten, würden wir sie rumkriegen müssen. Scheiße, wir hatten seit dem Moment, in dem wir sie an dem Flughafengate gesehen hatten, gewusst, dass wir sie rumkriegen würden müssen. Sie war eindeutig ein wenig reizbar in Bezug auf ihre Unabhängigkeit. Aber wir hatten offensichtlich nicht realisiert, wie schwer es sein würde, sie dazu zu überreden, mehr Zeit mit uns zu verbringen – im und außerhalb des Bettes – bis wir aufgewacht waren und entdeckt hatten, dass sie weg war. Sie war wie ein verdammter Ninja davongeschlichen und hatte uns nie die Chance gegeben, ihr zu erzählen, wie viel uns die wilde Nacht bedeutet hatte. Wir waren keine Mönche, aber wir schliefen auch nicht mit jeder. Für uns war sie kein One-Night-Stand.

Mein Bauchgefühl sagte mir, dass je mehr Zeit und Entfernung sie zwischen uns brachte, desto mehr würde unser Mädel die Verbindung, die wir geteilt hatten, herunterspielen. Sie würde es wahrscheinlich dem Zufall zuschreiben, dass wir alle auf dem gleichen stornierten Flug waren und wir eine fantastische Chemie – von der es reichlich gab – hatten und es dabei belassen. Aber es war mehr als das. So viel mehr.

Ich wusste es. Jackson wusste es, aber wir würden Avery davon überzeugen müssen.

Aber andererseits hatten wir unterschiedliche Hintergründe, also konnten wir nicht erwarten, dass sie dasselbe Verständnis hätte. Obwohl sie in Bridgewater aufgewachsen war, führte ihre Familie keine traditionelle Bridgewater Ehe. Sie hatte nur einen Vater, während Jackson und ich jeder zwei hatte. Zwei Dads und eine Mom pro Stück.

Aber Averys Eltern? Nach dem Stadttratsch zu schließen, führten sie keine richtige Ehe, traditionell oder anderweitig. Wir hatten überhaupt keine Möglichkeit zu wissen, wie Avery darüber dachte, eine ernsthafte Beziehung zu führen, ganz zu schweigen von einer mit zwei Männern.

Ein schlechtes Lied wurde im Radio gespielt und ich wechselte den Sender, wobei ich mit mehr Kraft als nötig auf den Knopf drückte.

Ja, ernsthafte Beziehung. Wir wollten sie und für mehr als eine wilde Nacht in Minneapolis. Wir wollten alles mit ihr. Ihr Job führte sie überall in die Welt – ich hatte online nachgeschaut und einen Haufen ihrer gutgeschriebenen Reiseartikel gefunden – aber solange sie zu uns nach Hause kam, könnten wir es schaffen, dass es funktioniert. Zumindest waren wir gewillt, es zu versuchen.

Wir hatten gehofft, dass wir mit ihr nach Montana zurückfliegen und sie zum Frühstück einladen könnten. Dass wir mit ihr auf Dates gehen könnten, während sie in der Stadt war. Demnach zu schließen, was sie gesagt hatte, war sie nicht allzu begeistert darüber gewesen, an der Hochzeit ihrer Schwester teilzunehmen. Vielleicht hätte es die Tatsache, zwei Männer bei sich zu haben, die mit ihr tanzten und dafür sorgten, dass sie Spaß hatte, besser gemacht. Zwei Männer, die sie glücklich machten.

Das war alles, was wir tun wollten, sie verdammt glücklich zu machen. Es war leicht verrückt, ja, aber Bridgewater Männer erkannten ihre Braut eigentlich sofort. Obwohl wir Avery den Großteil unseres Lebens gekannt hatten, waren wir zuvor zu jung gewesen. In der High-School für sie zu schwärmen war gut und alles, aber wir hatten das College und vier Jahre Tierarztstudium vor uns gehabt. Jetzt? Da unsere Praxis etabliert war, hatten wir alles, was wir wollten. Außer ihr.

*Es ist nur eine Nacht, richtig? Warum sollten wir nicht ein wenig Spaß haben, während wir hier festsitzen?*, hatte sie gesagt.

So wie sie mit uns geschlafen hatte und dann geflohen war, war sie nur daran interessiert gewesen, dass wir sie temporär glücklich machten, zumindest bis die Orgasmen verblassten. Wir waren ein Liebesabenteuer für sie. Je mehr Zeit Avery von uns entfernt verbrachte, desto mehr wäre sie in der Lage, sich selbst davon zu überzeugen.

Scheiß drauf.

Ich hatte Liebesabenteuer gehabt. Jackson ebenfalls.

Das würde nicht passieren. Zumindest war dies das letzte Liebesabenteuer, das wir haben würden, und es würde für den Rest unseres Lebens andauern. Oh, wir würden sie festnageln, ihre Pussy lecken, bis sie kam. Jede Nacht. Wir würden sie ficken, sie mit unserem Samen füllen, ihr beweisen, dass sie die Unsere war. Jede Nacht. Wir würden sie gemeinsam vögeln, einer von uns in ihrem Hintern, der andere in ihrer Pussy. Wir würden sie über den Küchentisch beugen und ihr den Hintern versohlen, wobei wir unsere pinken Handabdrücke auf ihrem Hintern hinterlassen würden, um sie daran zu erinnern, wie sehr wir sie wollten. Jede verdammte Nacht. Zur Hölle, Morgen, Nachmittag *und* Nacht. Meine Eier schmerzten nur bei dem Gedanken. Mein Drang sie wieder zu sehen und ihr von unseren Absichten zu erzählen, vergrößerte sich mit jeder Minute, die ich entfernt von ihr verbrachte.

Mit den Fingern auf das Lenkrad klopfend, drängte ich Jackson in Gedanken dazu, sich verdammt nochmal zu beeilen. Wir hatten bereits genug Zeit damit verschwendet, auf den nächsten Flug nach Bozeman zu warten und dann zurück nach Bridgewater zu fahren. Es war letzte Nacht zu spät gewesen, um vor Averys Tür aufzutauchen, selbst wenn wir gewusst hätten, wo ihre Eltern wohnten.

Heute Morgen hatten wir bei unserer Klinik angehalten, um einem Beagle einen Zahn zu ziehen und eine Notfalloperation an einer Katze durchzuführen. Sobald wir allerdings damit fertig waren, waren wir mit nur einem Ziel im Kopf losgezogen – Avery davon zu überzeugen, uns eine Chance zu geben. Es würde nicht einfach werden, aber es war unser Schicksal. Daran bestand überhaupt kein Zweifel.

Endlich erschien Jackson im Türrahmen des Hauses seiner Eltern.

„Das wurde aber auch Zeit", grummelte ich.

Jackson winkte mir zum Zeichen, dass er mich gesehen hatte, kurz zu, bevor er sich drehte, um etwas zu demjenigen, der sich hinter ihm befand, zu sagen, dann zog er die Tür zu. Er lief den freigeschippten Pfad entlang, wobei die untere Hälfte seiner Beine von dem hohen Schnee auf beiden Seiten verdeckt wurde.

Als er in den Beifahrersitz glitt, folgte ihm ein Schwall kalte Luft. Er schenkte mir ein Grinsen und hielt einen Papierfetzen hoch. „Tut mir leid. Meine Mutter hat mich dazu genötigt, ihr das Fass aus dem Kühlschrank in der Werkstatt zu bringen. Und der einzige Weg, wie ich das bekommen würde", er hielt den Papierfetzen hoch, „war, dass ich ihr unser Interesse an Avery erklärte."

Jacksons Aufgabe war es gewesen, seiner Mutter Honig ums Maul zu schmieren, damit sie uns die Adresse von Averys Eltern gab. Beverly Wray war mit so gut wie jedem in der Stadt befreundet. Wenn es irgendjemanden gab, der wusste, wo die Lanes wohnten, dann wäre es sie. Und es sah so aus, als hätten wir recht gehabt. Der Preis, der dafür bezahlt werden musste, war etwas Schweres herumzuschleppen und eine noch schwerere Befragung. Und Geduld.

Ich nahm den Zettel aus seiner behandschuhten Hand, las die Adresse und erkannte die Straße.

„Hat lange genug gedauert", grummelte ich. Ich trat auf das Gaspedal und fuhr in Richtung Westen bis kurz hinter die Stadtgrenze. Die Entfernung war nicht weit, aber durch die vereisten Straßen schien es ewig zu dauern.

„Sollten wir einen Plan entwickeln?", fragte Jackson.

Es war offensichtlich, dass er nervös war. Zur Hölle, ich war auch nervös, aber ich hatte mit den Jahren ein besseres Pokerface entwickelt. Er mochte der Starathlet von uns zweien sein, aber ich war derjenige gewesen, der immer im Scheinwerferlicht gestanden hatte, nachdem meine Eltern vor acht Jahren gestorben waren. Für viel zu lange Zeit war ich den mitleidigen Blicken und dem besorgten Flüstern ausgesetzt gewesen.

Tragödien geschahen in Bridgewater nicht oft, weshalb es große Neuigkeiten waren, als meine jungen, netten Eltern ihr Leben wegen eines betrunkenen Autofahrers verloren. Ich hatte meine Momma und meine beiden Väter an einem verschneiten Wintertag, genau wie diesem, verloren. Aber zumindest hatte ich zuerst eine glückliche Kindheit gehabt, gefüllt mit mehr Liebe, als sich die meisten Leute vorstellen konnten.

Mit solchen Vorbildern war es kein Wunder, schätzte ich, dass ich schon immer eines Tages die gleiche Art von Familie haben wollte. Jacksons Familie war genauso – natürlich ohne die Tragödie. Als lebenslange beste Freunde hatten wir immer gewusst, dass wir zusammen eine Ehefrau nehmen würden. Ich glaubte nicht, dass wir jemals darüber geredet hatten, es war einfach selbstverständlich.

„Ich war davon ausgegangen, dass deine Mutter uns dazu zwingen würde, sie mit zur Party zu bringen."

Er schaute zu mir und grinste. „Das hat sie."

Aber das bedeutete nicht, dass wir es tun würden. Wenn Avery nicht danach war, oder schlimmer, wenn wir sie nicht dazu bringen konnten, zuzustimmen, dann würden wir etwas anderes tun. Alles, was sie wollte. Obwohl wir die Nacht mit ihr verbracht hatten, wussten wir nicht viel über sie oder ihre Familie und wir planten, das zu ändern.

Ich rutschte unbehaglich in meinem Sitz hin und her. Ich hasste Klatsch und Tratsch, sogar wenn er im Interesse, unser Mädel zu gewinnen, lag. „Hast du deine Mutter über ihre Eltern ausgefragt?"

Jackson nickte und fummelte an der Heizung rum, bis

es im Truck endlich warm wurde. „Das habe ich und sie hat die Gerüchte bestätigt. In ihrer Ehe gab es anscheinend von Anfang an Schwierigkeiten. Es gibt Gerede über Fremdgehen, Trennungen, Familientherapie, das volle Programm. Warum sie überhaupt geheiratet haben, ist mir schleierhaft."

Ich konzentrierte mich darauf, uns auf der Straße zu halten, während ich das verdaute. Machte jegliche Art von Beziehung Avery nervös, weil sie kein Vorbild hatte, wie es wirklich sein könnte oder waren es nur wir, denen sie aus dem Weg ging? Bedeuteten wir ihr so wenig?

Ich blickte die kahle, weiße Landschaft finster an. Die verschneite Aussicht war wunderschön, sogar wie der Schnee die schroffen Berge in der Ferne bedeckte.

Wir hatten gewusst, dass wir einen harten Kampf vor uns hatten, sie davon zu überzeugen, uns eine Chance zu geben, aber diese Neuigkeiten halfen meinem Optimismus kein bisschen. „Bist du dir sicher, dass es nicht nur Klatsch ist?"

„Meine Mom ist die beste Freundin ihrer Tante Louise – du erinnerst dich an sie, oder? Sie hat früher als Sprechstundenhilfe in der Arztpraxis gearbeitet."

Ich nickte. Ich erinnerte mich an sie. Als ich ein Kind gewesen war, hatte sie mir die Lutscher gegeben, nachdem ich meine Impfung bekommen hatte.

„Was hatte sie zu erzählen?"

Jackson drehte sich, um mir ein ironisches Lächeln zu schenken. „Dass wir verrückt sind."

Ich hob eine Braue. „Verrückt? Das war ihr Wort, hm? War das ihre professionelle medizinische Meinung?"

Jackson lachte und zuckte in seiner lockeren Art seine Schultern, was Frauen immer zum Schwärmen gebracht hatte. „Ich bin nur der Bote. Momma sagte, dass Louise ihr erzählt hätte, dass diese Familie schädlich wäre. Die Eltern sind nicht glücklich und sie lassen es an ihren

Kindern aus. Ich glaube nicht, dass sie Avery oder ihre jüngere Schwester jemals geschlagen haben. Nichts dergleichen, aber sie sind mitten auf einem Schlachtfeld aufgewachsen." Jackson starrte eine Weile aus dem Fenster, sein Gesichtsausdruck war ungewöhnlich düster. „Es ist schwer zu glauben, dass Avery sich als so zurechnungsfähig herausstellte und…und…"

„Leidenschaftlich?", schlug ich vor.

Meine Gedanken wanderten zurück zu unserer epischen Nacht des Liebemachens – ja, Oralsex und Ficken und Analspielchen würden mit der richtigen Frau als Liebemachen angesehen werden – und ich staunte immer noch darüber, wie reaktionsfreudig sie gewesen war. Wie begierig. Guter Gott, dieses Mädel war dafür bestimmt, in unserem Bett zu sein.

„Ich wollte *freundlich* sagen", antwortete Jackson, während er mit der Hand über seinen Bart rieb. „Wenn das die Art war, in der sie großgezogen wurde, ist es ein Wunder, dass sie so süß ist." Ich konnte das Grinsen in seiner Stimme praktisch hören, als er hinzufügte: „Und ja, auch verdammt leidenschaftlich. Unser Mädel ist definitiv hemmungslos."

Heiß. Wild. Sensibel. Schnell zu erregen. Frech.

Wir grinsten beide wie Idioten, als wir die Abzweigung zum Haus ihrer Eltern erreichten. Sie war alles, was wir in einer Frau wollten und wir hatten nicht Jahre gebraucht, um das herauszufinden. Wir hatten es einfach…gewusst. Es mochte für Außenseiter seltsam klingen, aber für Bridgewater Männer…es war einfach unsere Art. Wir waren dazu erzogen worden, auf unsere Instinkte zu hören und unserem Bauchgefühl zu vertrauen, was das Finden unserer lebenslangen Liebe betraf.

Genauso wie mit unserem stillschweigenden Einverständnis, eine Frau zu teilen, hatten Jackson und ich nicht einmal darüber gesprochen, dass wir uns um sie bemühen würden. Wir hatten an dem Gate im Flughafen von Minneapolis einen Blick auf Avery geworfen, wie sie zusammengerollt mit ihrer Tasche an der Flugzeugwand lehnte, und wir hatten es gewusst.

Sie war die Unsere.

Ich wurde vor dem Haus, in dem Averys Familie wohnte, langsamer. Anders als die anderen Häuser in dieser Straße, schmückten hier keine Weihnachtslichter die Dachrinnen und kein kitschiges Rentier stand im Vorgarten. Entweder feierten sie kein Weihnachten oder verspürten keine Weihnachtsstimmung. Ich ging von Letzterem aus.

„Ich schätze, das ist es", stellte Jackson fest. „Denkst du, wir werden sie dazu bringen können, dass sie zustimmt, mit uns zu kommen?"

Jetzt war ich an der Reihe mit den Schultern zu zucken und eine Gelassenheit vorzugeben, die ich nicht fühlte. „Dies ist Schicksal, erinnerst du dich? Wir müssen ihr nur zeigen, wie gut es sein könnte."

„Schicksal?", fragte er mit großen Augen. „Wann hast du *jemals* zuvor dieses Wort benutzt?"

Ich verdrehte meine Augen, weil er recht hatte. Ich klang wie ein Idiot. „Na schön. Es hat ihr gefallen, dass wir in jener Nacht das Kommando übernommen haben. Wir werden es wieder tun. Vergiss Schicksal. Wir wollen Avery und wir werden diesen Weg hochlaufen und sie holen."

Ich war mir nicht sicher, wem ich mit meiner kühnen Aufmunterungsrede Mut machen wollte. Ihm oder mir.

# KAPITEL VIER

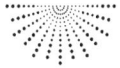

VERY

Es WAR GERADE ERST ein Tag vergangen und ich war schon bereit, wieder zu fliehen. Ich hatte den Großteil des ersten Tages verschlafen, da ich nach vierundzwanzig Stunden des Reisens...und Fickens Schlaf nachholen musste. Ich war zu dem Gezanke meiner Eltern aufgewacht – sie hatten nicht einmal versucht, ihre Stimmen zu senken – und jetzt wollte ich nur noch zurück nach oben gehen und in mein Kindheitsbett krabbeln.

Aber ich war nicht müde und meine Mom würde mich auf keinen Fall meinen gesamten Besuch verschlafen lassen. Ich hatte meine Besuche über die Jahre absichtlich immer kürzer und weniger häufig gemacht und sie ließ mich das nie vergessen. Aber meinen Eltern zuzuhören, wie sie über den selben alten Mist stritten, vertrieb mich. Nicht, dass sie das wussten. Es war *normal* für sie.

„Ich verstehe nicht, warum du nicht einen richtigen Job finden und dich niederlassen kannst wie deine Schwester." Meine Mutter schnitt mit aller Kraft Gemüse, als könnte sie fast dreißig Jahre unterdrückten Hass auf meinen Vater loswerden, wenn sie die Karotten nur mit genug Kraft kleinschnitt.

Ich ignorierte die Frage, wie ich es immer tat. Ich liebte meinen Job. Sicher, er hatte auch seine schlechten Seiten und die Gewalt während jenem letzten Auftrag war eine gute Erinnerung daran, aber im Allgemeinen gefiel mir, was ich tat. Ich war bei einem Magazin angestellt, aber trug auch beständig zu dem Inhalt drei Anderer bei. Ich hatte einen sicheren Gehaltscheck und erhielt Sozialleistungen. Ich sah die Welt, traf neue und faszinierende Menschen. Ich wusste von diesen Erfahrungen, dass meine Eltern unglücklich waren und es genossen, auch die Leute um sich herum – und zwar mich – ebenfalls unglücklich zu machen.

Ich war stolz auf das, was ich tat, dass ich mein eigenes Glück gefunden hatte trotz dem, was meine Familie darüber dachte.

Natürlich konnte mein Vater dem Drang, ebenfalls seine Meinung in den Ring zu werfen, nicht widerstehen, als er ins Zimmer kam. Ich hatte sein dickes, lockiges Haar geerbt, seines war jedoch kurzgeschnitten und jetzt fast grau. „Lass das Mädchen in Ruhe, Marla. Wenn sie sich selbst umbringen lassen möchte, weil sie zu irgendeinem gottverlassenen Land auf der anderen Seite der Welt reist, wird nichts von dem, was du sagst, sie aufhalten können."

Ich schnappte mir eine der Karotten, die meine Mom gerade zu Ende geschnitten hatte und steckte mir ein Stück davon in den Mund. Wenn ich an der Karotte kaute, konnte ich vielleicht den Drang, mich selbst zu verteidigen, unterdrücken, und das laute Knirschen die beiden ausblenden.

Ich musste es meinem Dad allerdings lassen. Er war so ein Profi in diesem Dysfunktionalen-Familien-Ding, dass es ihm gelang, eine gegensätzliche Haltung zu meiner Mom einzunehmen, während er gleichzeitig dafür sorgte, dass ich mich wie Dreck fühlte. Sie waren Experten darin, passiv aggressiv zu sein.

*Weiter so, Pops.*

Meine Mutter wirbelte herum, ihr Messer gefährlich erhoben, als sie es in die Richtung meines Vaters stieß. „Werd du nicht makaber mit uns, Frank. Ihr Job mag vielleicht gefährlich sein, aber ich bin mir sicher, sie trifft jede Vorsichtsmaßnahme."

Ich öffnete meinen Mund, um ihr dafür zu danken, dass sie sich für mich eingesetzt hatte, aber hielt inne, als sie fortfuhr.

„Aber warum sie überhaupt erst das Bedürfnis verspürt, zu gehen, werde ich nie verstehen." Sie wandte sich mir zu, da sie sich anscheinend daran erinnerte, dass ich mit ihnen im selben Raum war. „Warum kannst du nicht einen guten Mann finden wie deine Schwester?"

Bäh. Meine Schwester. Ich liebte Jackie, genauso wie ich meine Eltern liebte. Mit einer Armlänge Sicherheitsabstand. Wir mochten zwar unsere Schwierigkeiten haben, aber Familie war Familie und das war der Grund, warum ich zwei Wochen vor Weihnachten an dem letzten Ort, an dem ich sein wollte, saß. Jackie würde nur einmal heiraten – das nahm ich zumindest an – und daher würde ich das algengrüne Kleid tragen, das wie etwas aus einem 80er Jahre Teeniefilm aussah. Brautjungfer zu sein, war eine Sache, aber ich würde mir lieber das Messer meiner Mutter in den Arm rammen, bevor ich in die Fußstapfen meiner Schwester trat.

Um zwei Jahre jünger als ich, hatte Jackie einen völlig

anderen Lebensweg eingeschlagen. Während ich sofort einen Tag nach dem Schulabschluss aus der Eingangstür gerast war und selten zurückgeblickt hatte, wild entschlossen, die Welt außerhalb von Bridgewater zu entdecken, hatte sich Jackie hier vollständig niedergelassen.

Soweit ich wusste, hatte sie nur ein einziges Mal den Staat verlassen, um vor ein paar Jahren zur Hochzeit unserer Cousine in Seattle zu gehen und sogar dann hatte sie nichts anderes getan, als über alles zu meckern und zu nörgeln, was anders war als das, was sie kannte. Was in Wirklichkeit alles war. Sie hasste den Verkehr, das Essen schmeckte komisch, die Menschen waren unfreundlich. Man nehme dieses Mädel aus Bridgewater raus und sie verwandelte sich in einen jammernden Alptraum. Und das war der Staat Washington gewesen. Ich bezweifelte, dass sie für ihre Flitterwochen nach Hawaii oder Mexiko fliegen würde.

Letztes Jahr hatte Jackie ihr einziges Lebensziel erreicht – sie hatte einen Montana Jungen getroffen und beschlossen, sich niederzulassen. Collin wirkte bei den paar Mal, bei denen ich ihm begegnet war, nett genug, aber er entsprach nicht gerade meiner Vorstellung eines Märchenprinzen.

Ich wünschte Jackie und Collin nur das Beste, aber ich verübelte ihnen die Tatsache, dass ihr Leben mir ständig von meinen Eltern als das A und O des Glücks vorgehalten wurde. Meine Schwester hatte nie versucht, irgendetwas anderes aus ihrem Leben zu machen, als zu kellnern und zu heiraten, aber irgendwie schienen sie immer viel stolzer auf sie zu sein, als sie es jemals auf mich gewesen waren, obwohl ich mir den Arsch aufgerissen und mir in einer Industrie mit großem Konkurrenzkampf eine gute Karriere aufgebaut hatte.

Ich hätte fast versucht, ihnen zum millionsten Mal zu erklären, was genau es war, was ich tat, aber worin lag der

Sinn? Früher hatte ich ihnen die Artikel gezeigt, die ich für die Magazine geschrieben hatte, die Fotos, die ich für die Artikel geschossen hatte, aber ich hatte mich immer wie ein Grundschüler gefühlt, der ein ausgezeichnetes Nudelkunstprojekt nach Hause brachte. Sie hatten mir mehr oder weniger auf den Kopf getätschelt und gefragt, wann ich nach Hause ziehen würde.

Da ich weg war, hatten sie eine Schachfigur weniger in ihrer nie endenden Schlacht, sich gegenseitig zu verletzen. Ich hatte vor langer Zeit gelernt, dass es als neue Munition verwendet wurde, wenn ich irgendein Anzeichen zeigte, dass ich mich aufregte. Ein Elternteil würde dann das andere beschuldigen der Grund zu sein, dass ich mich schlecht fühlte. Ja, nicht mehr. Ich war fertig damit. Ich war fertig mit Beziehungen. Auf keinen Fall würde ich mich in die beschissene Welt der Ehe begeben, wenn ich dann einen Tag wie meine Eltern leben müsste.

Ich seufzte, aber leise, aus Angst, dass mein Ausatmen als Grundlage für weiteren Streit genutzt werden würde.

Mein Vater wählte diesen Moment, um meine Mutter dafür zu kritisieren, wie sie die Karotten schnitt. Anscheinend wusste sie, dass er sie gestiftelt mochte, aber sie besaß die Frechheit, sie in Stücke zu schneiden.

Ich schaute weg und verdrehte die Augen. Ich saß dort und knabberte an meiner geschnittenen Karotte, während ich versuchte, so zu tun, als würde es mich nicht länger kümmern, dass ich beobachten musste, wie sie sich gegenseitig zerfetzten. Ich war eine erwachsene Frau, verdammt nochmal. Es war bedeutungslos, dass meine Eltern unglücklich waren oder dass sie sich bereits vor Jahrzehnten hätten scheiden lassen sollen.

Ich versuchte, zu verhindern, dass es sich auf meine Emotionen auswirkte, aber es war schwer. Während ich hier saß, konnte ich fühlen, wie mich alle Freude verließ. Wie jeder Eifer einen Mann für mich zu finden, davon glitt. Ich hatte mich schuldig darüber gefühlt, dass ich Dash und Jackson in dem Hotelzimmer zurückgelassen hatte, aber nicht länger. Es war eine tolle Nacht gewesen. Nicht mehr.

Als meine Eltern weiterhin stritten, steckte ich mir mental meine Finger in die Ohren. *La la la, ich kann euch nicht hören.* Sie waren wie die Dementoren in den Harry Potter Büchern und saugten alles Glück aus mir.

Als die Türglocke klingelte, sprang ich von meinem Stuhl. Ich nahm das als Zeichen, von hier zu verschwinden, bevor meine Eltern sich noch steigerten und anfingen, sich an Stelle von Gehässigkeiten mit Besteck zu bewerfen.

Nachdem ich die Eingangstür geöffnet hatte, erstarrte ich. Das plötzliche Erscheinen von Jackson und Dash an meiner Haustür brachte mich zum Taumeln. Die kalte Luft, die mir entgegenwehte, tat nichts, um meine erhitzten Wangen – und andere Teile von mir – abzukühlen. Ich wollte dem arktischen Windstoß die Schuld dafür geben, dass meine Nippel hart wurden, aber ich würde lügen. In ihren schweren Wintermänteln sahen sie sogar noch größer aus als in meiner Erinnerung – und ich erinnerte mich an unglaublich viel über sie. Von dem seidigen Gefühl ihrer Haare bis zu der Art, wie sich ihre großen Schwänze tief in mir bewegt hatten. Ihr reiner, männlicher Duft drang in meine Nase und ich wollte mich auf die Zehenspitzen stellen und meine Nase an ihren Hals pressen. Sie einatmen.

Ich konnte mich nicht dazu bringen, mir Sorgen darüber zu machen, wie sie mich gefunden hatten oder warum sie hier aufgetaucht waren. Als ich hörte, wie meine Eltern in der Küche über Blumenarrangements für die Hochzeitsfeier meiner Schwester stritten, war es mir egal. Sie waren hier und sie waren meine Karte in die Freiheit!

Ich hielt kaum inne, um Luft zu holen, sondern schnappte mir meine Winterjacke von der Garderobe neben der Tür und drehte mich, um meine Eltern anzusehen, die endlich in den Flur getreten waren. Als sie die Männer in der Tür sahen, hörten sie auf zu reden.

„Äh, ich muss gehen."

Ich beobachtete, wie sich die Augenbrauen meiner Mutter verwirrt zusammenzogen und mein Vater sich zu seiner vollen Größe aufrichtete, während sich seine Stirn runzelte. Fragen. Ich würde gleich mit Fragen bombardiert werden, die ich nicht beantworten konnte.

Ja, es waren Jackson Wray und Dash McPHerson. Ja, ich wusste nicht, dass sie hier vorbeikommen würden. Nein, ich wusste nicht warum. Na ja, das tat ich, aber ich würde meinen Eltern nicht erzählen, dass sie mich sehr gut beschäftigt hatten, während ich in Minneapolis festsaß.

Wer auch immer den Ausdruck *Angriff ist die beste Verteidigung* erfunden hatte, war eindeutig in einer Familie wie meiner aufgewachsen.

Ich lud sie nicht einmal ein, hereinzukommen oder stellte sie vor, was beides die höfliche Art gewesen wäre. Aber dies war meine Familie und Dash und Jackson konnten sich nicht annähernd vorstellen, dass ich höflich war, indem ich sie draußen in der Kälte und im Schnee stehen ließ. Ich schlüpfte in meine Schneestiefel, die auf einer Gummimatte neben der Tür standen. Ich schnürte sie nicht zu und schob die Jungs weiter nach draußen auf die eiskalte Veranda. Sie traten ohne ein Wort zurück. Zum Henker, sie hatten noch nicht einmal Hallo gesagt, aber ich hatte ihnen auch nicht wirklich eine Chance gelassen. Ich verabschiedete mich über meine Schulter.

„Wohin gehst du?", fragte meine Mutter. Sie hielt immer noch das Messer in ihrer Hand und hatte ein Geschirrtuch über ihrer Schulter hängen.

35

„Wow, ich habe ganz vergessen, euch zu sagen, dass ich ein Date habe. Ihr würdet doch nicht wollen, dass ich ein Date mit zwei Bridgewater Männern absage, oder?"

Sie starrten mich mit offenem Mund an, während ich die Tür hinter mir zuzog. „Gute Nacht, ich liebe euch, bis später!", rief ich, obwohl ich bezweifelte, dass sie mich hörten.

Ich drehte mich, um die zwei erschrockenen, heißen Typen anzusehen, die mich anstarrten. Erschrocken, aber amüsiert, anders als meine Eltern.

„Froh uns zu sehen?", fragte Jackson gedehnt, wobei er seine behandschuhte Hand über seinen Bart rieb. Ich erinnerte mich daran, wie sich das kurze Haar an meiner Haut angefühlt hatte. Ich drückte meine Schenkel zusammen, weil die leichte Rötung durch seine Barthaare gerade erst verblasst war. *Dort.*

Ich konnte nicht anders. Mein Grinsen musste unverschämt dumm gewirkt haben, als ich nickte. „Ihr habt keine Ahnung."

Aber ich *war* froh, sie zu sehen. Ein wenig panisch vielleicht, aber unglaublich erleichtert. Ich konnte praktisch fühlen, wie die Spannung aus meinen Schultern wich, während ich meine Arme durch ihre schob und zog, so dass wir drei in Richtung der Ausfahrt liefen – viel wichtiger, weit weg von dem Haus – wie Dorothy mit der Vogelscheuche und dem Blechmann. Nicht, dass diese Jungs nicht menschlich waren – sie waren so männlich wie es zwei Männer nur sein konnten. Aber der Gedanke brachte mich dennoch zum Kichern, als wir uns ihrem Truck näherten.

Mit einer Hand auf meinem Ellbogen half mir Jackson ins Innere und ich glitt in die Mitte, so dass ich fest zwischen die beiden gekuschelt war, als sie beide auf jeder meiner Seiten einstiegen und die Tür zuschlugen. Das Fahrerhaus war warm und so wie sich die beiden an mich drückten, bezweifelte ich, dass mir kalt werden würde, selbst wenn ich nicht meine Jacke getragen hätte.

Dash startete den Truck, aber legte den Gang nicht ein. Sie wandten sich mir zu und erst da realisierte ich richtig, dass ich mit diesen zwei Männern allein war…wieder.

Ich blickte vom einen zum anderen, während ihre dunklen Blicke auf mich gerichtet waren. Ich konnte die Stoppeln auf Dashs Kiefer sehen, die leichte Krümmung von Jacksons Nase, wo sie irgendwann einmal gebrochen worden war. Ich roch einen Hauch von Männerduft, wie Seife gemischt mit Immergrün.

Scheiße. Dies war nicht Teil meines Plans gewesen. Ich wollte einfach nur aus dem Haus und sie waren wie ein Geschenk des Himmels gewesen. Jetzt? Was würde ich jetzt tun? Ich hatte gesagt, ich hätte ein Date und jetzt musste ich eins haben. Mit zwei heißen Männern, die unglaublich im Bett waren. Unsere Chemie war eine Klasse für sich und es war möglich, dass ihre Körper mehr Pheromone ausstrahlten als die Heizung warme Luft.

Ich war hier in Schwierigkeiten, zumindest sagte mir mein Gehirn das. So, so großen Schwierigkeiten und ich war mir nicht sicher, wie ich da wieder rauskommen konnte.

Oder ob ich es überhaupt wollte.

# KAPITEL FÜNF

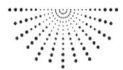

ASH

Ich sah den Moment, in dem sie sich verspannte. In der einen Minute war sie noch sorglos gewesen und hatte gekichert, als wären wir alle zurück in der High-School und auf dem Weg zu einer Party. Dann wurde sie ruhig und vorsichtig fast genau in dem Moment, in dem die Türen meines Trucks zuschlugen.

„Also", begann Jackson, „wohin geht's, Liebling?"

Ich zuckte bei seiner leicht gedehnten Sprechweise zusammen. Sicher, sie hatte glücklich gewirkt, uns zu sehen, aber ich hatte den Eindruck gewonnen, dass ihre Begeisterung nicht so sehr von unserem Anblick hervorgerufen wurde, als mehr von dem Anblick irgendeiner Person, die sie hier wegbringen konnte. Wenn ein Pizzabote an unserer Stelle geklingelt hätte, wäre sie wahrscheinlich mit ihm verschwunden, um ihm für den Rest seiner Schicht zu helfen. Sie war geflohen, ohne auch nur ihre Stiefel zu schnüren oder den Reißverschluss ihrer Jacke zu schließen. Nicht mal ein Hallo.

Tatsächlich drehte sie sich von Jackson zu mir und schaute dann auf ihren Schoß, zappelte einen Moment unruhig herum. Ihr Haar fiel lang und offen, wild und lockig über ihre Schultern. Ich erinnerte mich, wie es sich anfühlte, seidig und weich und ich wollte es wieder berühren. Ich wollte meine Finger darin vergraben, sie darin verwickeln. Ihre grünen Augen zeigten einen Hauch von Vorsicht, den ich absolut hasste.

„Äh…was macht ihr Jungs hier?"

„Du bist in meinem Truck, Avery", antwortete ich.

Sie seufzte. „Ja." Dieses eine Wort enthielt eine Unmenge Gewicht. Sie wirkte zwischen uns so klein. Obwohl sie keine kleine Frau war, sie war wahrscheinlich einen Meter siebzig, war unser Größenunterschied offenkundig.

Jackson und ich wechselten über ihrem Kopf einen Blick und die Bedeutung war klar. Wir mussten vorsichtig vorgehen. Unser Mädel empfand eindeutig widerstrei-tenden Gefühle über unser plötzliches Erscheinen an ihrer Haustür. Und obwohl sie in meinem Truck *war*, wollte ich, dass sie mit uns zusammen sein *wollte* und nicht weil sie etwas Schlimmem entkommen musste. Wir würden sie beschützen, wenn es nötig wäre – mit unserem Leben – aber dies war keine Leben-oder-Tod-Situation. Nein, dies war einfach nur das Leben und es schien, dass die Rückkehr nach Bridgewater Avery kein Gefühl von *Zuhause* vermittelte, besonders nicht, wenn sie mit irgendjemandem, der an ihre Tür kam, vor ihrem floh.

Ich war der Erste, der antwortete und ich hielt meine Stimme ruhig und gelassen. „Wir haben dich gestern Morgen vermisst. Wir sind hier, weil wir uns vergewissern wollten, dass du gut nach Hause gekommen bist. Auch wenn du es vielleicht nicht denkst nach dem, was wir gemeinsam getan haben, so sind wir doch Gentlemen."

Die Dinge, die wir getan hatten, waren weit entfernt von dem Verhalten eines Gentlemans, und es schien für sie völlig in Ordnung gewesen zu sein. Welche Frau wollte nur auf gewöhnliche Art gefickt werden? Avery bestimmt nicht.

Sie blickte zu mir hoch und ich schwöre, ich sah ein Aufflackern von Schuld, als sie eine lange braune Locke ihres Haares hinter ihr Ohr steckte. Sie hätte eine Mütze und Handschuhe tragen sollen, aber sie war zu schnell aus der Tür gestürmt, um welche mitzunehmen. Zur Hölle, sie war für eine Weile in Mexiko gewesen, so dass ich mich fragen musste, ob sie überhaupt welche besaß.

„Oh, ja, ich bin gut nach Hause gekommen. Bin in einen Flug nach Missoula gestiegen. Aber, äh, danke, dass ihr nachgefragt habt."

Ich machte einen beruhigenden Atemzug und atmete den Duft von Kokosnüssen ein. Shampoo?

„Warum bist du so vor uns davongelaufen?", fragte ich und nannte die Tatsachen beim Namen.

Ihr Kopf flog nach oben und auf ihrem Gesicht zeigte sich Beunruhigung. Ich hatte nicht anschuldigend oder sogar territorial klingen wollen. Aber wir verdienten es, das zu wissen. Wenn sie wirklich kein Interesse an mehr als einer Nacht hatte, dann wollten wir das wissen.

„Was er meint, ist", mischte sich Jackson ein, „wir hoffen, dass wir nichts getan haben, um dich zu verjagen. Dass du eine genauso gute Zeit hattest wie wir. Haben wir dich auf irgendeine Art gekränkt?"

Wir hatten sie gedrängt. Eine Menge. Sie hatte gesagt, dass sie nie zuvor mit zwei Männern zusammen gewesen war und wir hatten ihr zu einer ziemlich beeindruckenden Erfahrung verholfen. Die Liste an Dingen, die zwei Männer im Vergleich zu einem tun konnten, war lang und wir hatten eine Menge davon gestrichen, einschließlich Analspielchen. Unvorbereitet für Sex hatten wir kein Gleitgel oder einen Analstöpsel dabeigehabt. Wir hatten mit unseren Fingern improvisiert und es hatte sie keinesfalls gestört. Es hatte ihr gefallen. Zumindest hatten wir das gedacht, so wie sie zum Höhepunkt gekommen war.

Überraschenderweise verzogen sich ihre Lippen zu dem sexyesten, kleinen Grinsen, das ich jemals gesehen hatte. „Ihr habt mich nicht gekränkt."

Oh zur Hölle. Ihre Stimme war leise, hauchig und verdammt sexy. Mein Penis wurde nur bei dem Klang hart und ich musste mich räuspern aus Angst, dass meine Stimme als ein Knurren herauskommen würde. Ihre Emotionen waren völlig durcheinander, aber wenn wir sie nicht gekränkt hatten, dann konnte ich jetzt direkt sein. „Wir haben dich kommen lassen. Hart. So viele Male, dass ich es nicht mehr zählen konnte."

Sie nickte und ich sah, wie sie errötete, hoffentlich weil sie sich an jedes einzelne Mal erinnerte.

„Warum bist du davongerannt, Süße?"

Sie drehte ihr hübsches Gesicht, um mich anzu-schauen. In ihren grünen Augen brannten Leidenschaft und Feuer. „Ich bin nicht davongerannt."

Ich machte mir nicht die Mühe, zu streiten, sondern blieb einfach still. Sie war ertappt worden und sie wusste es.

Sie seufzte und lehnte sich an die Rückenlehne der Truckbank. „Okay, vielleicht bin ich davongelaufen."

Jackson streckte seine Hand aus und legte sie leicht auf ihr Knie. Sie versteifte sich, zog es jedoch nicht zurück.

„Ich wollte nicht unhöflich sein", fügte sie hinzu. Wieder wandte sie mir ihr Gesicht zu, dieses Mal mit einem flehenden Blick, dem man unmöglich widerstehen konnte. „Aber es war ein One-Night-Stand, wisst ihr? Ich bin nie besonders gut mit dem Morgen danach gewesen und allem, was damit einhergeht. Ich meine, One-Night bedeutet eine *Nacht*, nicht Morgen."

Ich blickte zu Jackson. Er war besser in der sanften Herangehensweise und ich vertraute mir nicht genug, um zu antworten. Ich umfasste das Lenkrad ohnehin schon zu fest. Alles in mir wollte meine Arme um sie schlingen, sie fest an mich ziehen und sie nie wieder gehen lassen. Ich wollte sie wissen lassen, dass wir Nächte und Morgen wollten, alles, was wir haben könnten. Aber ich wusste – wir beide wussten – dass eine gute Chance bestand, dass sie fliehen würde, wenn wir sie jetzt zu fest hielten. Wir konnten nicht von ihr erwarten, dass sie nach einer Nacht voller Sex sofort eine ernsthafte Beziehung mit uns eingehen würde, egal wie gut dieser Sex auch gewesen sein mochte. Oder sogar aus dem Grund, wegen dem sie in meinem Truck gesprungen war und es war kein Eifer von ihrer Seite gewesen. Nein, sie floh aus ihrem Haus. Ich war froh, dass sie dachte, wir wären sicher für sie, so dass sie sich an uns wenden konnte, aber wir waren nur zur richtigen Zeit am richtigen Ort gewesen.

Jackson drückte ihr Knie. Seine Stimme war sanft, als er sagte: „Wer hat gesagt, dass es nur eine Nacht sein muss?"

Ihr Kopf flog wieder nach oben, um ihn anzuschauen, dann warf sie mir einen vorsichtigen Blick zu. „Ich, äh...ich hoffe, ich habe euch Jungs nicht den falschen Eindruck vermittelt. Ich bin nicht auf der Suche nach etwas Ernstem. Mit meinem Job kann ich mich nicht wirklich auf Beziehungen einlassen und – "

„Es ist in Ordnung", unterbrach ich sie. Das war es nicht, aber ich würde ihr das nicht erzählen. Das Letzte, was wir wollten, war, dass sie sich noch mehr davon überzeugte, dass eine ernsthafte Beziehung für sie keine

Option war. Nein, sie musste uns nur eine Chance geben. Sie hier zwischen uns sitzen zu haben, war ein Anfang.

Jackson schenkte ihr sein gelassenes Lächeln. „Wir versuchen nicht, dich zu drängen, Liebling. Wir sagen nur, dass wir drei genauso gut unsere Zeit zusammen genießen könnten, solange du in der Stadt bist, meinst du nicht auch?"

Sie rutschte auf ihrem Platz hin und her, sie fühlte sich eindeutig unbehaglich. Oder vielleicht war sie nur angetörnt von dem Gedanken, was *Zeit zusammen* mit uns zweien mit sich bringen würde. Oh zur Hölle, mein Schwanz drückte schmerzhaft gegen meine Jeans bei dem Gedanken, dass sie für uns feucht wurde. Ich erinnerte mich an ihre glitschige Erregung auf meinen Fingern, deren Geschmack auf meiner Zunge. Das Gefühl wie sie meinen Schwanz bedeckte. Fuck, ich wollte sie wieder zwischen uns haben und zwar bald.

Ihr Lächeln war verschmitzt und verdammt sexy, als sie unter ihren Wimpern zu uns hochblickte. Ihre vorherige Vorsicht war vollständig verschwunden. „Zeit miteinander zu verbringen, klingt *nett.*"

Das bedeutete: *euch zwei zu ficken, solange ich für die Hochzeit meiner Schwester hier bin, klingt spektakulär.*

Ich lachte kurz über die schmutzige Weise, in der sie das Wort nett langgezogen hatte. Nachdem ich meine Hand auf ihr anderes Bein gelegt hatte, so dass wir sie beide berührten, zeichnete ich mit meinen Fingern einen Pfad über ihren Schenkel. „Da ist überhaupt nichts Nettes dran, Schatz. Und ich denke, dir gefällt es auf diese Weise."

Sie lachte ebenfalls und Jackson warf mir ein triumphierendes Grinsen zu, während sie sich zwischen uns wand. Wir hatten zwar den Krieg um ihr Herz noch nicht gewonnen, aber dieser spezielle Kampf war von Erfolg gekrönt. Sie hatte nie gesagt, wann sie die Stadt verlassen würde, aber es würde nicht lang nach der Hochzeit ihrer Schwester sein auf Grundlage dessen, was wir vor einer Minute beim Haus ihrer Eltern gesehen hatten und nach dem zu schließen, wie sie reagiert hatte. Auch wenn wir jetzt mehr Zeit hatten, um ihr zu zeigen, wie toll wir drei zusammen sein könnten, war es nicht viel.

Sie neigte ihren Kopf in Richtung des Hauses.

„Ich würde euch Jungs nach innen bitten, aber… ich will es wirklich nicht tun. Ich möchte nicht schwierig sein, aber meine Eltern…" Sie ließ den Satz unbeendet in der Luft hängen und zuckte mit den Achseln. Die Traurigkeit in ihrem Gesicht verdrehte mein Herz schmerzhaft in meiner Brust.

„Keine Sorge", sagte Jackson mit einem lockeren und sorglosen Tonfall, wodurch er sie beruhigte. „Wir müssen sie nicht jetzt kennen lernen, besonders nicht, da deine Mutter ein Messer hat."

Sie lachte darüber und strich sich dann mit der Hand über ihr Gesicht, als würde sie versuchen, die Frustration, die sie gegenüber ihrer Familie empfand, wegzuwischen. Wir hatten die Streiterei, die dort ablief, zufällig überhört – ihre Stimmen waren laut und deutlich durch die Eingangstür gedrungen. Die Art, wie sie defensiv und wütend dagestanden hatten, war eher feindlich anstatt freundlich gewesen, besonders da Mrs. Lane ein Messer in der Hand gehalten hatte. Ich hatte Essen gerochen und wusste, dass sie in der Küche beschäftigt gewesen war, aber trotzdem. Wer ging so an die Tür? Das war kein glücklicher Haushalt. Jacksons Momma hatte recht gehabt.

„Du solltest mit uns kommen", schlug er vor. Als sie die Stirn runzelte, fügte er hinzu: „Zur Weihnachtsparty meiner Eltern."

Die halbe Stadt ging zur Wray Party. Zumindest fühlte es sich für mich so an. Obwohl wir sie zurück zu unserem Haus im Stadtzentrum bringen und sie wieder kennen lernen *wollten*, während wir nackt waren, würde dies vielleicht besser sein, besonders jetzt, da wir ihre Eltern in Aktion erlebt hatten. Sie vor Jacksons Momma und Väter zu bringen, konnte sich nur zu unserem Vorteil auswirken. Wenn es irgendeine Bridgewater Familie gab, die sie davon überzeugen konnte, uns eine Chance zu geben, und die ihr zeigen würde, wie eine echte Beziehung sein könnte, dann war es Jacksons.

Averys Augen weiteten sich überrascht. „Eine Party? Mit deinen Eltern? Oh, ich weiß nicht…"

„Warum nicht?", fragte ich. Ich warf einen bedeutungsvollen Blick aus dem Fenster auf ihr Haus. Ohne irgendwelche Weihnachtsdekorationen, wie sie die Nachbarn hatten, wirkte das Haus deprimierend. „Es heißt, entweder mit uns kommen oder dorthin zurückkehren."

Sie stöhnte und ihr Kopf fiel zurück gegen den Sitz. Ihre Jacke öffnete sich, wodurch mir ein fantastischer Blick auf ihren langen Hals und ihr üppiges Dekolleté gewährt wurde. Ein Dekolleté, an dem ich geleckt und geknabbert hatte, wie ich mich erinnerte. Scheiße, sie war sogar noch hübscher als in meiner Erinnerung.

Als ich meinen Kopf drehte, um zu ihr zu sehen, war ich gelähmt von dem Anblick dieser großen grünen Augen, die zu mir hochschauten, diesen pinken Lippen, die sich auf natürliche Weise zu einem Schmollmund verzogen, als wären sie fürs Küssen gemacht worden. Scheiße, ich konnte nicht warten, sie zurück in unser Bett zu bekommen. Vergiss die Party.

Ihre Stimme klang reumütig. „Ihr habt sie streiten gehört, nicht wahr?"

Ich zuckte mit den Schultern, es machte keinen Sinn, es zu leugnen.

Sie stöhnte wieder. „Es tut mir leid, dass ihr das gehört

habt. Ich liebe meine Eltern, aber…sie sind irgendwie die Schlimmsten."

Jackson lachte über den selbstironischen Humor, der ihre Worte abmilderte. „Ich bin mir sicher, sie sind nicht so schlimm."

Ich hielt meinen Mund. Jackson mochte vielleicht gewillt sein, ihnen vorurteilsfrei gegenüber zu treten, aber ich war bereit, die nächste Person, die Avery verletzte, zu erdrosseln, egal ob es ein Familienmitglied war oder nicht. Und ich erkannte, nur indem ich sie anschaute, dass ihre Eltern ihr weh getan hatten. Nicht körperlich, aber sie war tief in ihrem Inneren verwundet. Sogar vernarbt.

Ob es in Antwort auf Jacksons Kommentar war oder wegen des Blicks, den sie in meinen Augen sah, sie beeilte sich auf jeden Fall zu erklären: „Sie sind nicht so schlimm, nicht wirklich. Sie lieben mich und meine Schwester. Wir haben das immer gewusst. Es scheint nur manchmal so, dass sie sich gegenseitig noch mehr hassen."

Ich sah, wie Jackson eine Grimasse schnitt, aber sie starrte wieder einmal auf ihre Hände, eindeutig in Gedanken versunken. Ich wusste, es war für Jackson genauso schwer wie für mich, sich ein solches Aufwachsen vorzustellen. Wir waren beide mit wundervollen Eltern gesegnet worden und es war an der Zeit, dass Avery dieselbe Art bedingungsloser Liebe erlebte. Wenn sie diese nicht mit ihrer Familie finden konnte, dann sollte sie sie mit uns finden und mit dem Wray Clan. Es war nicht viel Familie auf meiner Seite übrig, aber Jacksons…na ja, sie würden unser Mädel mit offenen Armen willkommen heißen. Sie warteten bereits seit Jahren, dass wir Die Eine fanden.

„Komm mit uns zu der Party", bat ich sie. „Du wirst Spaß haben, ich verspreche es."

Sie betrachtete sich selbst. „Ich kann unmöglich auf eine Party gehen, nicht so wie ich aussehe."

„Du siehst hübsch aus", sagte ich automatisch. Ich hatte nicht einmal bemerkt, was sie anhatte, um ehrlich zu sein. Ich hatte nur bemerkt, dass sie in ihren engen schwarzen Hosen und dem T-Shirt mit V-Ausschnitt, das ich unter ihrer Jacke sehen konnte, heiß aussah.

Sie stieß ein niedliches, kleines, amüsiertes Schnauben aus. „Ja, klar."

„Er lügt nicht", widersprach Jackson. „Du siehst fantastisch aus."

„Ich trage Sporthosen." Ihr Blick verriet, dass sie dachte, wir wären verrückt. „Ich bin nicht geschminkt und meine Haare stehen in alle Richtungen ab."

„Meinen Eltern wird es egal sein, was du trägst", beruhigte Jackson sie. Was er nicht aussprach, war, dass es uns alles andere als störte, ihre langen Beine und ihren perfekten Hintern in diesen engen Hosen zu bewundern. „Es ist ein zwangloses Zusammensein, nichts Schickes. Und sie würden dich liebend gern kennen lernen."

Sie seufzte. Wir hatten sie fast. Ich beugte mich zu ihr, senkte meine Stimme und sprach sanft in ihr Ohr. „Wenn du ein braves Mädchen bist und mit uns zu der Party gehst, verspreche ich dir, dass du später belohnt werden wirst."

Ich fühlte ihren vorfreudigen Schauder, während sie sanft über meine neckenden Worte lachte.

„Versprechen, Versprechen", murmelte sie. Dann wandte sie sich zu Jackson und gab mit einem Seufzen nach. „Okay, Romeo, bring mich nach Hause, damit ich deine Familie kennen lernen kann. Und ich will definitiv diese Belohnung."

Ich legte den Gang ein, während ich stöhnte. Eine Weihnachtsparty mit einem Ständer. Es würde nicht leicht werden.

# KAPITEL SECHS

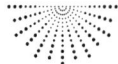

VERY

ICH FÜHLTE MICH LÄCHERLICH. Nein, das stimmte nicht ganz. Ich *fühlte* mich fett und glücklich, nachdem ich mein Gewicht in Brownies gegessen hatte, aber ich *sah* definitiv lächerlich aus.

Jackson hatte nicht gelogen, als er behauptet hatte, dass die Party nicht schick wäre – aber sie war definitiv auch nicht das kleine, lockere Zusammensein, von dem er mir erzählt hatte. Während ich an der Seite stand und beobachtete, wie eine kleine Gruppe um das Klavier im Wohnzimmer der Wrays Weihnachtslieder sang, konnte ich nicht glauben, dass ich mich von Jackson und Dash zu dieser Sache hatte überreden lassen.

Jacksons Familie hatte mich mit offenen Armen willkommen geheißen. Im wahrsten Sinne des Wortes. Ich war noch nie in meinem Leben so oft umarmt geworden. Und niemand schien zu bemerken, dass ich Sporthosen und ein einfaches Strickoberteil trug. Oder, wenn sie es taten, waren sie zu höflich, um es anzusprechen. Nicht, dass Montana schick wäre. Sich herauszuputzen, bedeutete, dass man eine saubere Jeans anzog, aber trotzdem. Ich hatte einen gewissen Standard. Wie zum Beispiel gepflegte Haare und vielleicht ein wenig Wimperntusche.

Jacksons Mom leitete die Baumdekorationen auf der anderen Seite des Zimmers und ich beobachtete alles von meinem bequemen Platz neben dem Essenstisch, der mit Essen beladen war. Essen, von dem ich viel zu viel probiert hatte.

„Wir können uns nicht die ganze Nacht hier verstecken, weißt du", stichelte Jackson, als er an meine Seite trat. Er war von seinem Vater davongezogen worden, um mehr Eis aus dem Gefrierschrank in der Garage zu holen.

„Warum nicht?", fragte Dash, während er eine Handvoll Chips in seinen Mund stopfte. Er hielt eine Flasche Bier in seiner anderen Hand. „Avery hat den besten Platz im ganzen Haus gefunden, direkt neben dem Essen."

Außer dass sie Jacksons Eltern eine helfende Hand gereicht hatten, waren mir diese Männer von dem Moment an, in dem wir das Haus betreten hatten, nicht von der Seite gewichen. Sie waren sehr aufmerksam und höflich, stellten mich jedem vor, der an uns vorbeilief und sorgten dafür, dass ich ständig ein volles Glas Eierpunsch in der Hand hatte. Vielleicht ging ich einfach nicht oft genug auf Dates oder vielleicht war ich nie mit den richtigen Männern ausgegangen, aber diese Art der Behandlung war eine neue Erfahrung für mich. Sie behandelten mich als wäre ich eine königliche Person oder so. Als wäre ich wertvoll und unersetzbar.

Als wäre ich das Zentrum ihrer Welt. Zumindest auf der Party.

Ihr Verhalten war seltsam, aber…nett. Ein Mädchen konnte sich an diese Art der Behandlung gewöhnen. Ich natürlich nicht. Ich hatte mir selbst vor langer Zeit geschworen, dass ich nicht in die gleiche Falle wie meine Eltern tappen würde – in einer Situation gefangen und unglücklich, was ihr Leben perfekt beschrieb. Ich hatte sichergestellt, dass ich ihrem Schicksal entkam, indem ich aufs College gegangen war und nie zurückgeblickt hatte. Dennoch war ich hier.

Trotzdem, diese Jungs würden eines Tages irgendein Mädchen sehr glücklich machen. Meine Gedanken blitzten zurück zu der Weise, wie sie meinen Körper in der Nacht neulich umsorgt hatten, bis ich befriedigter war, als ich es jemals für möglich gehalten hätte. Dash war auf dem Bett ausgebreitet gewesen, ich hatte rücklings auf seinen Hüften gesessen und ihn geritten, sein Schwanz war so tief in mir gewesen. Jackson hatte neben mir gekniet und gemurmelt, dass er meinen Hintern eines Tages so ficken würde, wie er es gerade mit seinem Finger tat.

Ich zog meine Pussy zusammen bei dieser sehr obszönen Version.

Oh ja, sie würden eine Frau sehr glücklich machen.

Irgendetwas rumorte unangenehm in meinem Bauch, weshalb ich mein Glas mit Eierpunsch noch fester packte. War das…Eifersucht? Ja. Hässlich und grün. Ich wollte die Augen jeder Frau auskratzen, die zwischen diese zwei gelangen wollte. Ich fühlte mich sehr besitzergreifend gegenüber ihren großen Penissen. Und dem Rest von ihnen.

Ich unterdrückte ein Stöhnen, als ich einen Schluck von dem süßen Getränk nahm. Es war absolut lächerlich, so dumm und eifersüchtig auf eine unbekannte Frau wegen eines Lebens und einer Beziehung zu sein, die ich nicht einmal wollte. Wegen zwei Schwänzen, vor denen ich bewusst davongelaufen war. Es musste ein Nebeneffekt davon sein, dass ich mich in diesem gemütlichen Haus mit den warmherzigen Leuten und der festlichen Atmosphäre befand. Das war die einzige Erklärung für mein plötzliches Verlangen nach etwas, das ich niemals auch nur gekannt hatte. Es war ja nicht so, als würden meine Eltern für die Feiertage dekorieren. Nein, sie hatten seit dem einen Mal, als ich acht war und mein Dad den falschen Baum gekauft hatte, keinen Baum mehr aufgestellt. Meine Mutter hatte eine Blautanne gewollt und er hatte eine Kiefer nach Hause gebracht, die fast einen Meter größer, als erwartet, gewesen war.

Auch wenn meine Eltern begeistert waren, dass Jackies Hochzeit während der Feiertage stattfand – sie mussten nicht für Dekorationen in der Kirche oder dem Empfangssaal bezahlen, da sie bereits für Weihnachten geschmückt worden waren – reichte ihre Weihnachtsstimmung nur so weit.

Mir entging nicht, wie einer von Jacksons Vätern zu seiner Mutter schlich und seine Arme von hinten um sie schlang. Mrs. Wray sah mit ihren silbernen Haaren, den schwarzen Hosen und dem festlichen Pullover wie ein Teenager aus, während sie kicherte und errötete, als er sie in Richtung des Eingangs zum Esszimmer zog, wo ein Mistelzweig hing.

Dash und ich lachten, als Jackson neben uns stöhnte. „So peinlich", schrie er gutmütig, während sich seine Eltern direkt vor uns und dem Rest der Party küssten und miteinander schmusten.

„Warte nur, bis du deine wahre Liebe findest", rief eine vertraute Stimme von unserer Linken. „Du wirst eines Tages deinen eigenen Kindern peinlich sein, merk dir meine Worte."

Ich richtete mich bei der Stimme meiner Tante auf und beugte mich nach vorne, um an Dash vorbeizuschauen, der meinen Blick blockierte. Tatsächlich lief meine Tante mit ihren hüpfenden braunen Locken, die mit grauen Strähnen durchzogen waren, in meine Richtung, wobei ihr vertrautes, breites Grinsen ihr Gesicht erhellte.

„Tante Louise!"

Bevor ich noch irgendetwas sagen konnte, zog sie mich in eine Umarmung, die mir die Luft aus den Lungen quetschte. Dash schnappte sich das Glas Eierpunsch aus meiner Hand, bevor ich es verschütten konnte.

„Welch erfreulicher Anblick", sang sie, während sie mich vor und zurück wiegte, als wäre ich immer noch ein kleines Mädchen und nicht eine erwachsene Frau, die sie um mehrere Zentimeter überragte. „Was machst du hier?"

Bevor ich antworten konnte, wanderte ihr scharfer Blick von mir zu den Jungs.

„Ähm…Jackson und Dash haben mich eingeladen." Ich spürte kein Verlangen, ihr zu erklären, wie genau ich mich mit ihnen in einem Flughafenhotel wieder bekannt gemacht hatte, also wechselte ich stattdessen das Thema. „Ich kann nicht glauben, dass du hier bist. Ich wollte dich morgen anrufen, um zu fragen, ob du dich zum Mittagessen treffen möchtest."

Tante Louises Augen funkelten mit einem verschmitzten Lachen, aber sie versuchte nicht, mich vor Jackson und Dash zu blamieren, was ich zu schätzen wusste. „Ich verpasse nie eine Wray Weihnachtsparty. Jacksons Mom, Beverly, ist meine beste Freundin. Das war sie schon immer und wird sie immer sein."

„Ich wusste das nicht", entgegnete ich lahm. „Aber ich bin froh, dich hier zu sehen." Ich musterte ihren grünen Pulli, auf dessen Vorderseite Rudolph prangte, wobei die rote Nase als großer Bommel an ihrer rechten Schulter angebracht war. „Das ist ein interessantes Outfit."

Ihr Lächeln wurde breiter, als sie sich selbst betrachtete. „Der hässlichste Pulli gewinnt eine Pediküre."

Ich bemerkte eine Anzahl Frauen in Tante Louises Alter, die scheußliche Weihnachtspullis trugen. Jetzt wusste ich, dass es einen Grund dafür gab.

„Meiner ist ziemlich hässlich, aber ich glaube, Sally hat den Sieg in der Tasche", grummelte sie.

Ich wusste nicht, wer Sally war, aber wenn ihr Pulli schlimmer war als der meiner Tante, musste er ziemlich schrecklich sein.

„Ich bin auch froh, dich zu sehen, Süße", fügte sie hinzu. „Und ich würde liebend gern mit dir Mittagessen. Wir müssen uns auf jeden Fall aufs Laufende bringen, bevor die Geier auf Jackies Hochzeit über dich herfallen."

Ich lachte über das Bild. Meine Familie ähnelte wirklich Geiern, wenn ich in der Nähe war. Sie hatten die Tendenz, das schwarze Schaf einzukreisen und wegen meiner Lebensentscheidungen auf mir herumzuhacken, bis ich roh und erschöpft war.

Ihr Blick flackerte ein weiteres Mal zu Jackson und Dash, als Mrs. Wray und zwei andere ältere Frauen sich zu unserer kleinen Gruppe gesellten.

„Bringst du eine Begleitung mit zur Hochzeit deiner Schwester?", fragte meine Tante mit erzwungener Gleichgültigkeit, die niemanden täuschte.

Alle vier der älteren Frauen hatten nicht nur das Tragen eines hässlichen Weihnachtspullis gemeinsam, sondern auch das selbe verschmitzte Grinsen.

„Oder *Begleitungen?*", fragte Mrs. Wray, wobei sie Tante Louise auf nicht sehr subtile Art in die Rippen stieß.

Dash seufzte neben mir laut auf, während Jackson die Vorstellungsrunde übernahm. „Avery, du hast meine Mutter, Beverly, schon kennen gelernt und dies sind ihre Freundinnen, Sally und Violet."

„Freut mich euch kennen zu lernen", murmelte ich mit einem Nicken, aber ihnen schienen Vorstellungen nicht wichtig zu sein. Alle vier starrten mich mit ungenierter Neugierigkeit an.

„Meine Damen, dies ist meine Nichte", verkündete Tante Louise. „Die älteste Tochter meiner Schwester. Ich habe euch von ihr erzählt."

„Oh ja, die Reisejournalistin!" Violet, die Frau mit dem schicken grauen Pagenschnitt, strahlte mich daraufhin an. „Ich kann es kaum erwarten, alles über deine Abenteuer zu hören, meine Liebe. Dein Job klingt faszinierend. Und du bist so braun!"

Dash drückte fast unmerklich meine Taille und ich dachte an den Moment, in dem sie meine Bräunungslinien entdeckt hatten.

Ich konnte spüren, wie meine Wangen rot anliefen, obwohl ich nie errötete. Ich nahm einen Schluck von meinem Eierpunsch in der Hoffnung, es zu verbergen, aber die Frauen waren scharfsinnig.

„Ja, ich war in Mexiko."

„Wie reizend", sagte Mrs. Wray. „Und beeindruckend. Ich habe einen Artikel gelesen, den du über den Rückgang der Gletscher in Alaska geschrieben hast. Faszinierend. Das weckt den Wunsch in mir, einen Ausflug dorthin zu planen, bevor sie weg sind."

Diese Frau wusste alles über mich und meinen Job… das musste bedeuten, dass meine Tante über mich redete. Sogar mit mir angab.

„Tante Louise hat ihn dir gezeigt?" Ich warf einen Blick auf meine Tante.

Sie schüttelte ihren Kopf. „Süße, ich erzähle den Mädels alles über dich, aber es war jemand anderes."

„Es war Jackson. Er hat ihn aufgerufen und mir früher am Tag gezeigt", antwortete Mrs. Wray.

Ich konnte nicht anders, als zu Jackson zu blicken.

Er hatte mit seiner Mutter über mich gesprochen? Hatte ihr einen meiner Artikel gezeigt? Ich hatte keine Ahnung, was ich dazu sagen sollte, also nahm ich einen weiteren Schluck von meinem Eierpunsch. Den Blick, den er mir im Gegenzug zuwarf, enthielt so viele Versprechen.

Die andere ältere Frau, Sally, schlug auf den Arm ihrer Freundin. Ihr Pullover war mit Weihnachtsbäumen bedeckt und hatte blinkende Lichter darauf. Er war schrecklich und ich hatte Grund zur Annahme, dass irgendwo eine Batterie befestigt war. Sie würde definitiv den Pediküren Preis gewinnen. „Sei still, Bev, lass das Mädel die Frage beantworten." Ihr Blick richtete sich mit beunruhigender Intensität auf mich, aber ich runzelte die Stirn, da ich mich nicht mehr erinnern konnte, was die Frage gewesen war. „Bringst du Begleitungen mit zur Hochzeit deiner Schwester?"

Bevor ich antworten konnte, warf Mrs. Wray, während sie Sally zurückschlug, ein: „Ich weiß zufällig, dass Jackson und Dash an diesem Abend verfügbar sind."

Die andere Frau gluckste, als Jackson sie mit übertriebener Geduld unterbrach. „Du weißt doch nicht einmal, an welchem Abend die Hochzeit stattfindet, Mom. Aber netter Versuch."

Meine Wangen wurden heiß. Oh zur Hölle, jetzt würde jeder denken, wir wären in einer Art Beziehung. Neuigkeiten verbreiteten sich schnell in dieser Stadt und wenn meine Mutter Wind von dieser Sache bekäme, würde sie mir das ewig unter die Nase reiben. Das würde ihr sogar noch mehr Munition geben, mir damit in den Ohren zu liegen, dass ich zurückziehen sollte.

„Wir sind nur Freunde", sagte ich schnell. Zu schnell. Ich klang wahrscheinlich unhöflich.

Tante Louises Blick wanderte nach unten zu meiner Taille, an der Dashs Hand sehr besitzergreifend ruhte, und Lachen lag eindeutig in ihrer Stimme. „Natürlich, meine Liebe."

Dann stellte Violet die gefürchtete Frage. „Also bist du für immer zurück?"

Gott nein! Ich schluckte meine sofortige Antwort hinunter. Ich schaute zu Tante Louise, da ich halb erwartete, dass sie sich in meinem Namen einmischen würde. Sie wusste besser, als jeder andere, warum ich nicht zurückgekommen war, um hier zu leben, aber sie warf mir den gleichen neugierigen Blick zu, ihre Brauen waren nach oben gezogen. Von ihr gab es wohl keine Hilfe.

„Sie ist nur wegen der Hochzeit hier", antwortete stattdessen Jackson. Ich hatte das komische Gefühl, dass er und Dash genau wussten, wie sehr ich diese Frage hasste und dass sie Mitleid mit mir hatten.

„Das ist zu schade", erwiderte Tante Louise. Sie schüttelte ihren Kopf, als ob es ihr wirklich leidtäte, dass ich nicht zurückziehen würde.

Ich gab ein kurzes, humorloses Lachen von mir. „Vorsicht, Tante Louise, du fängst an, wie meine Mutter zu klingen."

Daraufhin hob sie eine Augenbraue und obwohl eine Spur Gelächter in ihrem Tonfall lag, waren ihre Augen voller Mitgefühl. „Oh, sag so etwas nicht einmal als Scherz." Sich vorbeugend, drückte sie meinen Arm. „Ich weiß, es ist zu Hause nicht leicht für dich, aber du kannst jederzeit bei mir unterkommen."

Ich öffnete meinen Mund, um freundlich abzulehnen, aber stellte fest, dass ich von ihrem freundlichen Angebot zu sehr aus der Fassung gebracht worden war. Tante Louise war schon immer meine liebste Verwandte gewesen, aber mir ein Zuhause anzubieten, übertraf das noch.

„Oder du könntest dein eigenes Zuhause finden", schlug Sally vor. „Falls du jemals auf der Suche bist, ruf mich an."

Bevor ich wusste, wie mir geschah, hatte sie mir eine Geschäftskarte in die Hand gedrückt. Ich warf einen Blick darauf und sah, dass sie Immobilienmaklerin war. „Oh, na ja, ähm…"

„Aber, aber, lass das arme Mädchen in Ruhe", verlangte Violet.

Ich warf der Frau einen dankbaren Blick zu, aber bevor ich irgendetwas sagen konnte, redete sie weiter: „Du kannst ihr später alles über die Häuser erzählen, die zum Verkauf stehen. Es sind ein paar Männer hier, die ich ihr vorstellen möchte."

Mein Mund klappte auf, aber Dash sprach zuerst. „Ich glaube nicht, Violet. Avery ist für heute Nacht bereits vergeben."

Ich schaute geschockt zu ihm hoch. Ich wusste, ehrlich gesagt, nicht, ob ich mich über seine Anmaßung ärgern oder erleichtert sein sollte, dass sie sich um mich sorgten. Schließlich war es nicht so, als wollte ich noch mehr Männern vorgestellt werden. Ich war bereits mit diesen zweien vollauf beschäftigt.

Mrs. Wray lachte und verdrehte die Augen. „Keine Sorge, Dash, sie versucht nicht, Avery zu verkuppeln – es ist sonnenklar, dass du und Jackson einen Blick auf sie geworfen haben."

„Nein, wir sind nur Freunde", protestierte ich wieder. Aber niemand achtete auf mich.

„Natürlich nicht", erklärte Violet, „ich möchte sie nur Rory und Cooper vorstellen. Sie suchen nach jemandem, der ihnen hilft, ihr Helikopter-Geschäft für Abenteuertouristen zu bewerben und ich dachte, Avery könnte vielleicht ein paar gute Ideen haben, da sie im Reisejournalismus tätig ist und all das."

„Ich, äh…"

Sie wartete meine Antwort erst gar nicht ab. Violet packte mich am Handgelenk und begann, an mir zu ziehen. Ich schaute hilfesuchend über meine Schulter zu Jackson und Dash, aber alles, was ich erhielt, war ein Zwinkern und Lächeln. „Sie sind gute Männer", beruhigte mich Jackson, während ich von meinem sicheren Hafen bei den Brownies weggezerrt wurde.

„Du wirst sie mögen", fügte Dash hinzu.

Offensichtlich kannten sie beide Rory und Cooper und glaubten nicht, dass einer von ihnen, mich stehlen würde. Sie hatten recht. Sie *waren* gute Männer und ich *mochte* sie. Sie waren Veteranen, die aus dem mittleren Osten zurückgekehrt waren, sowie bodenständig und mehr als höflich, als sie mir ihr Geschäft erklärten und wie sie es ausweiten wollten.

Auch wenn ich keine Marketing-Spezialistin war, wusste ich mehr als die Meisten über die Reiseindustrie und ehe ich mich versah, gab ich zwei eifrigen, interessierten Geschäftsbesitzern Ratschläge, wie sie ihre Dienste den führenden Reisemagazinen und Webseiten verkaufen könnten.

Nachdem ich während der vergangenen zwei Tage die Kritik meiner Eltern über mich ergehen lassen musste, fühlte es sich gut an, Menschen zu haben, die meine Arbeit ernst nahmen. Nein, sie nahmen *mich* ernst. So ernst, dass sie mir einen bezahlten Auftrag anboten, wenn ich ihnen die Art Leitartikel schrieb, über den ich sprach.

„Ich weiß das Angebot wirklich zu schätzen, aber ich weiß nicht, ob ich lang genug dafür in der Gegend sein werde. Es tut mir leid." Und das tat es mir wirklich. Ich hatte mich schon für den Blickwinkel begeistert, den ich nutzen könnte, um ihre persönliche Geschichte und ihr Geschäft zu verbinden – aber ich hatte bereits einem Auftrag in Brasilien kurz nach Jackies Hochzeit zugestimmt.

Meine Zeit in Bridgewater war begrenzt, was genau das war, was ich geplant hatte. Ich hatte vor Jahren gelernt, dass es sich auszahlte, wenn ich einen Fluchtplan für meine Besuche hatte.

Dennoch ertappte ich mich dabei, wie ich Jackson und Dash beobachtete, die sich die ganze Zeit in meiner Nähe aufgehalten hatten, als ich geredet hatte. Sie gaben mir genug Freiraum, um mich mit den einheimischen Piloten zu unterhalten, aber waren immer nah genug, falls ich sie brauchte. Ich hatte noch nie Menschen gehabt, die auf mich aufpassten. Menschen, die mich unterdrückten, ja. Die an mir herumnörgelten, auf jeden Fall. Aber ich hatte niemals dies gehabt – die freundliche, großzügige, aufmerksame Rücksichtnahme von zwei Männern, die nur sicherstellen wollten, dass ich sicher und glücklich war.

Ich überraschte mich selbst mit einem gewichtigen Seufzer und zum zweiten Mal an diesem Abend, bemerkte ich, dass es mir leidtat, dass ich gehen würde. Ich war darauf vorbereitet gewesen, zu fliehen, davonzulaufen. Zu entkommen. Aber die Party war lustig und ich wollte mehr Zeit mit Dash und Jackson verbringen. Ich wollte nicht gehen.

Ich? Traurig Tschüss zu sagen? Dies musste eine Verirrung sein. Vielleicht wurde ich krank oder ich war von Sallys Pullover-Lichtern geblendet worden. Oder vielleicht war es einfach zu lange her, seit ich tollen Sex gehabt hatte, wenn mich eine Nacht multipler Orgasmen dazu veranlasste, rührselig über das Kleinstadtleben nachzudenken.

„Dann behalte es im Hinterkopf", schlug Rory vor. „Wirst du uns entschuldigen? Unsere Frau und Tochter machen sich bereit, Geschenke auszupacken." Er zeigte zu einer hübschen blonden Frau, die mir irgendwie bekannt vorkam.

„Ist das Ivy?"

Ich sah, wie die Männer voller Stolz anschwollen, als

sie zu der Frau schauten, die ich in der High-School gekannt hatte. Obwohl diese zwei mit uns in derselben Klasse gewesen waren, konnte ich mich nicht an sie erinnern. Vielleicht war ich zu besessen von Dash und Jackson gewesen, um irgendjemand anderen zu sehen. „Ja und unsere Tochter, Lily."

Das kleine Mädchen sah genauso aus wie ihre Mutter. So wie die Männer das Duo betrachteten, war es offensichtlich, dass sie verliebt waren.

„Geht ruhig und gesellt euch zu ihnen. Viel Spaß", verabschiedete ich mich von ihnen und beobachtete, wie sie sich auf den Weg zu ihrer Frau und Tochter machten und sich beide einen Moment nahmen, um Ivy zu küssen. Ich wäre eigentlich zu ihr gegangen, um Hallo zu sagen, aber ich wollte sie nicht unterbrechen.

Jeder begann sich zu versammeln und kleine Geschenke auszutauschen, also hielt ich mich im Hintergrund. Jackson und Dash sahen aus, als würden sie in einem Gespräch mit Sally und jemand anderem, den ich nicht kannte, stecken, aber ihre Blicke huschten immer wieder in meine Richtung, als ob ich eine Art magnetische Anziehung ausüben würde.

Jacksons dunkle Augen begegneten meinen und sein gelassenes Lächeln ließ meine Knie weich werden. Scheiße, sie waren wirklich gefährlich für meine geistige Gesundheit, aber ich konnte die körperliche Anziehung nicht leugnen. Die Chemie. Aber da ich einen Fluchtplan hatte und ich klargestellt hatte, dass es nichts Ernstes war, war ich in der fantastischen Position, dass ich alles haben konnte.

Und dieses Alles sah klasse aus. Sie sahen gut aus in ihren zugeknöpften Hemden und Jeans. Aber ohne Klamotten sahen sie sogar noch besser aus. Harte Muskeln, breite Schultern, kraftvolle Rücken, große −

Vielleicht, wenn ich sehr viel Glück hatte − oder sehr

versaut war – würde ich eine weitere Chance bekommen, diesen herrlichen Anblick zu erleben. Sie *hatten* gesagt, ich würde eine Belohnung bekommen. Hoffentlich zwei.

Die Stimme meiner Tante hinter mir schreckte mich aus meinen Träumereien. „Wirst du den ganzen Abend hier herumstehen und deine sexy Cowboys anschmachten oder wirst du die Party genießen?"

Ich lachte bei ihren Worten und wandte mich mit einem reumütigen Grinsen zu ihr. Sie hatte recht. Ich hatte die Jungs angestarrt. „Ich habe kein Geschenk mitgebracht", erklärte ich und nickte zu dem Geschenke-austausch. „Falls du es nicht bemerkt hast, ich war nicht gerade darauf vorbereitet, auf eine Party zu gehen."

Ich schaute demonstrativ auf mein allzu lässiges Outfit, aber meine Tante winkte meine Bedenken einfach weg, nahm mich bei der Hand und zog mich zu der lachenden Menge. „Seid nicht dumm. Beverly fügt immer ein paar zusätzliche Geschenke hinzu, falls wir Überraschungsgäste wie dich bekommen. Außerdem sind das sowieso Witzgeschenke und nicht ernstgemeint."

Eine junge, süße Brünette kniete am Baum und schien das Kommando über das Austeilen der Geschenke zu haben. Sie lächelte zu mir hoch, als Tante Louise mich zu ihr zog. „Hannah, ich habe dir von meiner Nichte Avery bereits erzählt, oder? Sie ist wegen der Hochzeit ihrer Schwester in der Stadt."

„Natürlich", entgegnete die Frau zu meiner Überra-schung. Sie lächelte. „Die Reisejournalistin, richtig?"

Ich nickte und streckte meine Hand aus.

„Das ist Hannah, die neue Ärztin der Stadt", stellte Tante Louise sie vor. Und dann als ob es völlig normal und angemessen wäre, wandte sie sich mit einem verschmitzten Grinsen an die Ärztin. „Meine Nichte ist erst seit einem Tag in der Stadt und hat es bereits geschafft, sich die zwei sexyesten Tierärzte im ganzen Staat zu schnappen."

Ich wusste mit Sicherheit, dass meine Wangen knallrot angelaufen waren. „Tante Louise!"

Hannah lachte, während sie mich anstupste. „Gut gemacht, Avery."

Ich schnaubte lachend über ihr übertriebenes Zwinkern. „Oh mein Gott, ich kann diese Stadt nicht fassen."

Hannah lachte noch mehr. „Das kannst du laut sagen. Zumindest bist du hier aufgewachsen. Ich komme aus Kalifornien und nach Bridgewater zu ziehen, war als würde ich eine neue Welt entdecken." Ihre Aufmerksamkeit schien von zwei Männern auf der Seite des Raumes gefangen zu werden und ihr Gesichtsausdruck wurde weich. „Manchmal fühle ich mich immer noch so, als wäre es zu gut, um wahr zu sein."

Offensichtlich waren diese Männer ihre. Groß und muskulös zwinkerte einer von ihnen Hannah zu. Sie sahen gut aus, aber waren kein Vergleich zu Dash und Jackson.

Tante Louise beugte sich nach unten, wählte ein kleines Geschenk und gab es mir.

„Öffne es", drängte sie mich.

Zu dem Zeitpunkt, an dem ich es aufmachte, gelangten Jackson und Dash an meine Seite und Louises Freundinnen umringten uns ein weiteres Mal.

Das bedeutete, sie waren all da, um zu sehen, was ich auspackte.

„Ist das…?", begann Violet.

„Sind die echt?", fragte Sally.

Ich starrte auf die Handschellen, die von meinem Finger baumelten, zu überrascht, um zu antworten. Hannahs Lachen durchbrach die Stille. „Das muss Declans Beitrag zum Geschenkeaustausch sein", erklärte sie, als sie sich zu uns gesellte. „Einer meiner Ehemänner ist Polizist und es gefällt ihm offensichtlich Motto-Geschenke zu machen."

Ich erwiderte ihr Lächeln, während ich die Handschellen lachend vor und zurück schwang. „Was soll ich mit denen tun?"

„Süße, wenn du das nicht weißt, kann ich dir auch nicht helfen", antwortete Tante Louise in einem lauten Flüstern, das jeden zum Lachen brachte, einschließlich mich.

Mrs. Wray trat zwischen mich und ihren Sohn. Sie schlang einen Arm um mich und wandte ihr Gesicht zu Jackson. „Sag niemals, dass ich nichts für dich getan hätte." Bevor ich fragen konnte, was sie damit meinte, schnappte die ältere Frau meine Hand. Sie bewegte sich so schnell, dass ich keine Zeit hatte, zu reagieren.

Ich hörte das Klicken um mein Handgelenk, fühlte das kalte Metall und blinzelte. Was zum…?

Jackson starrte mich über den Kopf seiner Mutter an. Er sah so geschockt aus, wie ich mich fühlte.

Sie hatte mich und Jackson mit den Handschellen aneinandergefesselt und ergriff dann, mit einem lauten Lachen, ihre Freundinnen in ihren scheußlichen Pullis und lief weg.

„Diese Frauen sind verrückt", murmelte Dash, während er mit kaum verborgenen Lachen auf unsere verbundenen Hände starrte.

„Habt Spaß", sagte Hannah mit einem breiten Grinsen, tätschelte meinen Arm und verließ uns ebenfalls.

„Dash McPherson, das ist nicht witzig", zischte ich mit zusammengebissenen Zähnen. Ich zog an den Handschellen, was nur Jacksons Arm näher zu mir brachte. Dies waren keine Spielzeughandschellen. Diese waren echt.

Ich wandte mich an Jackson und sah, dass er auch damit kämpfte, nicht zu lachen. Ich fand den Humor ansteckend und schloss mich ihnen an. „Es müssen doch irgendwo Schlüssel herumliegen, richtig?"

Als die Männer ihre Köpfe schüttelten, hörte ich auf zu lachen. Keine Schlüssel? Ich war mit Handschellen an Jackson Wray gefesselt. So viel zu meinem Fluchtplan.

## KAPITEL SIEBEN

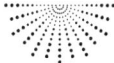

# $\mathcal{J}$ACKSON

ES GAB SCHLÜSSEL. Natürlich gab es welche. Meine Mutter hatte sie mit einem Tätscheln ihrer Hand in meine Hemdtasche gleiten lassen, nachdem sie mich geschickt mit Handschellen an die Liebe meines Lebens gekettet hatte.

Feinsinn war nie eine Stärke meiner Mutter gewesen.

Aber jetzt, während sie mich durch den Raum anschaute und zwinkerte, konnte ich mich nicht dazu bringen, zuzugeben, dass mir der Schlüssel zu Averys Freiheit buchstäblich und bildlich ein Loch in die Tasche brannte. Dash musste es gewusst haben – er hatte den Streich meiner Mutter beobachtet und hatte nichts unternommen, um einzugreifen.

Etwas verriet mir, dass er aus dem gleichen Grund schweigen würde, aus dem ich ihr im Moment den

Schlüssel nicht anbot. Trotz ihrer verrückten Methoden hatte meine Mutter uns ein Geschenk gemacht. Mehr Zeit mit Avery, in der sie keine Chance hatte davonzulaufen.

Ich hatte sie heute Abend beobachtet und gesehen, wie sie sich für die netten, wenn auch leicht schrulligen, Stadtleute erwärmt hatte. Sie hatte gewirkt, als hätte sie Spaß. Aber ich hatte auch ihre Erklärung gehört, als sie Rory und Cooper erzählt hatte, dass sie die Stadt verlassen würde.

Mehr als das, ich hatte das Aufflammen der Erleichterung in ihren Augen gesehen, aber auch den Hauch von Traurigkeit.

In ihr tobten eindeutig widersprüchliche Gefühle und das war ein Anfang. Vielleicht würde es uns gelingen, sie ein wenig in Versuchung zu führen, damit sie bliebe – oder zumindest öfter als ein- oder zweimal im Jahr zurückkam – aber wir hatten dennoch eine große Aufgabe vor uns. Mit Handschellen an die Frau gekettet zu sein, war auf jeden Fall eine Hilfe.

Ich schaute nach unten auf unsere verbundenen Hände. Dies war die perfekte Gelegenheit, sie ein klein wenig länger in meiner Nähe zu halten. Also zuckte ich mit den Achseln, anstatt ihr die Wahrheit zu erzählen und zog an unseren verbundenen Händen, so dass sie eng an meiner Seite stand. „Ich bin mir sicher, es gibt hier irgendwo einen Schlüssel. In der Zwischenzeit…ist es wirklich so schlimm an mich gebunden zu sein?"

Ihre Lippen verzogen sich seitlich zu einem belustigten, kleinen Lächeln. „Ich schätze, es ist nicht *ganz* so schlimm."

„Mensch, Danke."

Dash trat näher und steckte eine verirrte Locke hinter ihr Ohr. Er strich mit seinen Knöcheln über ihre gebräunte Wange. „Ich wette, wir haben in unserem Haus irgendein Werkzeug, das wir verwenden könnten." Sein Grinsen war schelmisch, als sein Blick über unser Mädel wanderte. „Was denkst du, Jackson?"

Ich gab vor, als würde ich darüber nachdenken und kratzte mich am Bart. „Ich denke, du hast recht." Ich drehte mich, um sie anzuschauen und beugte mich nah zu ihr. „Was denkst *du*, Liebling? Willst du zurück zu unserem Haus gehen und schauen, ob wir dich kommen lassen können?"

Ihre Augen weiteten sich mit geschocktem Vergnügen.

Ich grinste. „Ich meinte, die Handschellen abbekommen." Ich fügte das erst hinzu, nachdem sie wusste, dass es uns ernster damit war, sie zum Höhepunkt zu bringen, als uns voneinander zu trennen.

Ihr Kopf fiel zurück, während sie lachte, wodurch sie uns die lange, perfekte Linie ihres Halses zeigte. Der Klang sorgte dafür, dass ich mich danach sehnte, sie in meine Arme zu ziehen und sie verrückt zu küssen, trotz der Tatsache, dass wir uns in dem Haus meiner Familie befanden und unter den wachsamen Augen der halben Stadt. Ich schloss einen Kompromiss, indem ich meine Lippen auf ihre Stirn drückte, was sogar noch intimer war, als ich erwartet hatte.

Als sie endlich antwortete, sah ich das sexy Glitzern in ihren Augen und ich stöhnte fast laut auf.

„Ja, das könnte gut sein", sagte sie mit ihrer hauchigen, lasziven Stimme. „Lass uns gehen."

Die Fahrt zurück zu unserem Haus schien nie enden zu wollen, obwohl sie nicht länger als zehn Minuten dauerte. Zwischen uns sitzend, wurde unser Mädel in dem Moment frech und handgreiflich, in dem wir allein im Truck waren. Ihre gefangene Hand glitt meinen Schenkel hoch und runter, näherte sich immer mehr meinem Schwanz. Ich würde sie nicht aufhalten. Wenn sie mich berühren wollte, konnte sie das auf jeden Fall tun. Ich war so hart, dass es schmerzte, und wenn sie auch nur mit ihren Fingern über mich streichen würde, befürchtete ich, dass ich meine Ladung verschießen würde. Sie hatte mich *so* angetörnt.

Unsere Mäntel lagen über unseren Schultern, da unsere Arme miteinander verbunden waren. Obwohl die Heizung nicht angefangen hatte, die heiße Luft auszustoßen, schwitzte ich praktisch.

„Heilige Scheiße, Liebling", stöhnte ich, während sie mich durch meine Jeans streichelte. Ich versteifte mich und stieß zischend Luft aus. Ein schneller Blick zeigte mir, dass sie Dash die gleiche süße Folter angedeihen ließ. Als der Truck beschleunigte, wusste ich, dass er genauso verzweifelt war, sich in ihr zu versenken, wie ich.

„Wie lange dauert es noch, bis wir bei eurem Haus sind?", fragte sie.

„Feucht für uns, Schatz?", wollte Dash wissen, wobei seine Stimme einem tiefen Knurren glich.

„Ich bin so angetörnt, dass ich es nicht mehr aushalten kann", entgegnete sie und rutschte ein wenig auf ihrem Platz herum.

„Also gefällt es dir, ein wenig gefangen zu sein?", fügte er hinzu.

„Mmm hmm."

Fuck, das war so heiß.

Dash streckte seine Hand nach ihr aus, glitt damit zwischen ihre Schenkel und umfasste sie. Sie öffnete ihre Beine, um ihm besseren Zugang zu gewähren. Ich beobachtete frustriert, wie Dash ihre Pussy durch das dünne Material ihrer Hose streichelte. Fuck, ich konnte kaum erwarten, dass ich an der Reihe war. Aber meine Hand war immer noch an ihre gebunden und ich würde auf keinen Fall ihre Hand von meinem Penis entfernen. Ihre kleinen Streicheleinheiten waren Folter, aber ich konnte nicht darauf verzichten.

Sie wölbte ihren Rücken und ihre Jacke fiel von ihren Schultern. Ihre Titten drückten gegen ihr Oberteil. „Sind wir bald da? Ich kann nicht viel länger warten."

Dash schaute mit einem Grinsen zu mir. Ich konnte mit Sicherheit sagen, dass keiner von uns je eine Frau getroffen hatte, die ihre Sexualität so vollständig annahm wie unsere Avery. Und es schien, als würde ein Paar Handschellen unser Mädel wild machen.

Ich sah, wie seine Hand stärker auf ihre Muschi drückte. „Fühlst du dich schmutzig, Schatz?"

Ihre Antwort war ein Wimmern. Ihre Lippen teilten sich und ihre Augen schlossen sich, als sie ihre Hüften nach oben wölbte, um sie in seine Handfläche zu drücken. Ihre Hände bewegten sich über uns, vergewisserten sich, dass wir steif und bereit waren – nicht, dass wir damit noch mehr Hilfe benötigt hätten.

Zu dem Zeitpunkt, an dem wir unser Haus in der Nähe der Stadt erreichten, atmeten wir alle drei schwer und waren bereit, über einander herzufallen. Ich half Avery aus dem Wagen, nahm ihre Hand in meine und rannte praktisch mit ihr zur Veranda. Dash ging voraus, öffnete die Türen und räumte den Weg frei. Eine Sekunde später stolperten wir auf mein Bett.

Ich küsste sie, während ich sie unter mich rollte, wobei ich auf unsere verbundenen Handgelenke achtete. Sie war schmiegsam und weich, begierig. Mein Knie glitt zwischen ihre und bewegte sich nach oben, so dass ich halb über ihr war. Trotz all ihrer Begierde und der wilden Nacht, die wir in Minneapolis gehabt hatten, musste ich mich daran erinnern, dass sie so viel kleiner war als wir beide. Auch wenn ich wusste, dass ich sie nicht zerbrechen würde, hielt ich mich zurück.

So klug wie sie war, musste sie es jedoch gespürt haben. Sie drehte ihren Kopf, um den Kuss zu unterbrechen und fragte: „Was ist los? Ich meine…du bist zaghaft oder so."

Mit jedem Atemzug, den sie machte, hoben sich ihre Brüste an meine Brust und ich fühlte deren üppige Weichheit, sogar durch unsere Klamotten.

„Ich bin zaghaft", gab ich zu.

„Warum?" Ein kleines V formte sich zwischen ihren Augenbrauen.

„Weil es mir gefällt, dass du mit Handschellen an mich gebunden bist. Dass du mir ausgeliefert bist. Was ich mit dir tun möchte." Ich schob ihre Haare wieder zurück und starrte auf sie hinab. Fuck, sie war umwerfend. Ihre Lippen waren rot und glänzend, ihre Wangen gerötet.

„Und was ist das?", fragte sie, wobei ihre Stimme kaum mehr als ein Flüstern war. Ihre freie Hand hob sich, streichelte über meinen Bart und ich neigte meinen Kopf in ihre Berührung.

„Anstatt dich mit den Handschellen an mich gebunden zu haben – " Ich lehnte mich auf meine Hüfte, griff in meine Hemdtasche und zog den Schlüssel heraus. Obwohl es mir gefiel, dass sie an mich gekettet war, wollte ich völlige Ehrlichkeit. Sicher, wir hatten sie ins Bett genötigt, aber ich würde sie nicht unter Zwang hierbehalten. Ich wollte nicht mit ihr zusammen sein, während eine Lüge über unseren Köpfen – oder um unsere Handgelenke – hing. Sie musste zu einhundert Prozent mit uns im Bett sein wollen. Zu wissen, dass sie sich dem Ganzen völlig hingab, bedeutete alles. „– will ich dich nur in Handschellen haben."

Sie starrte den Schlüssel mit offenem Mund an. „Du hast ihn die ganze Zeit gehabt?"

„Seit seine Mutter ihn in seine Tasche gesteckt hat", fügte Dash hinzu, während er sich auf die Seite des Bettes setzte.

„Aber – "

„Wir wollen dich, Schatz."

„Wart ihr eingeweiht?", fragte sie und wackelte mit ihrem Handgelenk.

Ich ergriff mein eigenes Handgelenk, steckte den Schlüssel in das Loch und drehte ihn. Die Handschelle klickte sofort auf. „In die Verkupplungsversuche meiner Mutter? Zur Hölle, nein. Sie hat sich das selbst ausgedacht."

„Oder mit Tante Louise. Ich bin mir sicher, dass sie *ganz* zufällig, Declans Geschenk ausgewählt hat."

Dash lachte. „Du hast wahrscheinlich recht. Sieht so aus, als gäbe es einen ganzen Haufen Leute, die uns zusammen im Bett haben wollen."

Avery blickte weg. Es war ein wenig peinlich daran zu denken, dass meine Mutter und ihre Freundinnen versuchten, Dash und mir mit unserem Liebesleben zu helfen. Aber Avery *war* in meinem Bett, also hatte es funktioniert. Es lag nun an uns, sie dort zu behalten. Und um das zu tun, mussten wir ihr die Wahl, zu gehen, geben.

„Was wir tun, liegt bei dir." Als ihr Blick meinem begegnete, fuhr ich fort. „Du willst, dass wir dich Heim fahren? Wir werden es tun. Du willst einen Film auf dem Sofa schauen? Wir werden es tun. Du entscheidest."

„Wir wollen dich", wiederholte Dash. „Auf jede Weise, in der wir dich haben können."

„Und die Handschellen?", fragte sie. „Du hast gesagt, dass du mich in Handschellen haben willst. Wie steht's damit?"

Mein Schwanz pulsierte in meiner Hose und ich musste ihn richten, um es mir bequemer zu machen. „Es würde mir gefallen, wenn deine Handgelenke in Handschellen wären." Ich warf den Schlüssel zu Dash, der sich vorbeugte und ihn auf den Nachttisch neben die Lampe legte. „Du kannst uns jederzeit stoppen und wir werden dich in Sekunden befreien."

„Zuerst, Schatz, würden wir dich in Handschellen legen, weil wir dich über den Bettrand beugen möchten. Wir haben noch nicht genug mit deinem Hintern gespielt."

Dash hielt einen brandneuen Analstöpsel und eine kleine Flasche Gleitgel hoch. Er grinste. „Wir waren heute einkaufen."

„Ihr meint – "

„Ja", unterbrach er sie und ließ sie den Satz nicht beenden. „Dann, wenn der Stöpsel schön tief sitzt, werden wir dich umdrehen, dich mit den Handschellen ans Kopfbrett fesseln und dich nicht hochkommen lassen, bis du nicht mindestens zweimal zum Höhepunkt gekommen bist."

Sie wand sich jetzt und ich konnte die harten Umrisse ihrer Nippel durch ihr Oberteil sehen. „Zweimal?", wiederholte sie. „Ich dachte, ihr hättet gesagt, ich würde eine Belohnung erhalten."

Verdammt, ja. Sie spielte mit. „Was denkst du, sollte deine Belohnung sein?", wunderte ich mich laut.

Sie legte ihre Hand auf meine Brust, glitt nach unten über meinen Bauch und ich saugte Luft ein. „Euch, nackt. Für den Anfang", fügte sie hinzu.

„Jetzt?", fragte ich.

Sie nickte und biss auf ihre Lippe.

Mich von ihr wegdrückend, stand ich auf und knöpfte langsam mein Hemd auf, dann arbeitete ich meine Hose nach unten. Dash war auf der anderen Seite des Bettes, aber er hatte sich bereits seiner Boxershorts entledigt und umfasste seinen Schwanz mit seiner Faust.

Sie setzte sich auf, während sie uns beobachtete. Ich war noch nie so hart gewesen und sie saß nur in meinem Bett, völlig erregt und interessiert. Ich zog meine Boxershorts aus, mein Penis war nun frei und ich schaute zu Avery.

„Dann was?", fragte ich, umfasste den Schaft und glitt mit der Hand nach oben. Ich fühlte einen Lusttropfen, der meine Handfläche bedeckte und die Abwärtsbewegung weicher machte. Ich zischte. Das fühlte sich gut an, aber ich wollte in dieser perfekten Pussy sein.

Sie warf einen Blick auf das Gleitgel und den Stöpsel auf der Decke.

„Dann macht ihr, was ihr wollt."

„Was wir wollen?", holte sich Dash die Bestätigung ein.

Sie biss auf ihre Lippe und nickte.

„Sag es, Schatz. Sag, dass du uns die Kontrolle übergibst. Das wir tun dürfen, was wir wollen, du uns aber jederzeit stoppen kannst."

„Ich übergebe euch die Kontrolle", bestätigte sie.

Ich warf Dash einen schnellen Blick zu.

Das Spiel begann.

„Bevor wir die Handschellen schließen, lass uns dieses Oberteil ausziehen. Geh auf deine Knie."

Sie erhob sich schnell und Dash half ihr aus dem Oberteil, wobei er vorsichtig die Handschellen durch den Ärmel zog. Ich beobachtete sie weiterhin und streichelte meinen Schwanz, während er ihr auch dabei half, den BH auszuziehen. Ich bewunderte die schwarzen Körbchen, aber mir gefiel deren Anblick auf meinem Boden noch viel besser. Sobald sie bis zur Taille nackt war, nahm Dash ihre Handgelenke in seine Hand und sah ihr in die Augen.

„Bereit?", fragte er.

„Ja", antwortete sie.

„Gutes Mädchen." Mit geschickten Fingern brachte er ihre Hände hinter ihren Rücken und ich hörte das Klicken der Handschellen.

Er trat zurück und wir schauten sie einfach nur an.

Ihre Brüste waren nach oben gewandt, die festen, pinken Spitzen zeigten in unsere Richtung.

„Sie betteln förmlich nach unserer Aufmerksamkeit, findest du nicht?", fragte ich, kniete mich vor sie und nahm einen Nippel in meinen Mund.

„Wie gut, dass es zwei von uns gibt, Schatz. Du würdest nicht wollen, dass eine vernachlässigt wird", sagte Dash, bevor er sich zu ihr beugte und den anderen zwischen seine Finger nahm, an ihm zog und damit spielte.

„Oh Gott", murmelte sie.

Ich fühlte, wie sie gegen die Handschellen zuckte, hörte das Klirren des Metalls, als sie wimmerte. Ich lächelte an ihrer weichen Haut, während ich mit meiner Zunge gegen ihre harte Spitze schnalzte und sie gegen meinen Gaumen drückte, als ich daran saugte.

Wir waren unerbittlich, wir waren sanft mit ihr, dann ein wenig grober, aber widmeten uns nur ihren Brüsten. Ich küsste entlang der unteren Kurve, fand einen kleinen Leberfleck und wurde von ihrer Bräunungslinie ange-törnt. Ich zog mich zurück, um ihr Gesicht zu beobachten, als Dash seinen Mund auf sie legte.

Ihre Augen waren geschlossen und ihre Haare hingen lang über ihren Rücken.

„Mehr, Liebling?"

„Ich werde allein davon kommen, wenn ihr so weiter macht."

Dash trat zurück und wir betrachteten sie. „Wirklich?", wollte er wissen. „Ich liebe eine gute Herausforderung."

Sie wimmerte und rutschte hin und her, ihre Brüste schwangen im Takt der Bewegung. Ihre Nippel waren hart und glänzten von unseren Zuwendungen. Ihre Rechte zierte ein Fleck geröteter Haut von meinem Bart.

„Und du trägst immer noch deine Hose", ergänzte

ich. „Aber wir wollen nicht, dass sie bereits kommt, oder?"

Dash hob eine Braue und grinste. „Nein."

„Was?", stöhnte sie.

„Wir haben das Kommando, nicht wahr?", fragte Dash.

Sie spitzte ihre Lippen und ließ ihren Hintern auf ihre Fersen fallen. „Ja, aber das bedeutet nicht, dass ich dich oder dein Grübchen mag", grummelte sie.

Dash lachte und nahm ihren Oberarm, wodurch er ihr zurück auf die Knie half. „Runter vom Bett, Schatz."

Er half ihr, auf den Holzboden zu treten. Ich ging hinter sie, legte meine Hände auf ihre Hüften und schob den dehnbaren Stoff ihrer Sporthosen über ihre Hüften nach unten. „Kein Höschen", bemerkte ich. „Du warst ohne ein Höschen auf der Weihnachtsfeier meiner Eltern?"

Sie sah mich über ihre Schulter an. „Ich habe euch doch erzählt, dass ich nicht dafür angezogen war."

„Schmutzig", sagte ich und drehte sie herum, so dass sie dem Bett gegenüberstand, während Dash ein Kissen schnappte und es an den Rand legte, so dass ihre Hüften angehoben wurden, als ich eine Hand auf ihren Rücken legte und sie nach unten beugte. Fuck, diese Bräunungslinien auf ihrem Hintern waren auch hinreißend. „Und du musst bestraft werden."

„Was? Warum?" Sie versuchte, sich wieder zu erheben, aber da sich ihre Hände hinter ihrem Körper befanden, war es einfach, sie an Ort und Stelle zu halten.

„Du hast uns in Minnesota verlassen, ohne dich zu verabschieden. Ohne mit uns zu reden", erklärte Dash. Seine Hand klatschte mit einem leichten Klaps auf ihren nach oben gewandten Hintern. Nicht zu hart, aber trotzdem erschien fast sofort ein hellpinker Handabdruck.

„Hey!", schrie sie und wackelte mit den Hüften.

„Ich bin dran", verkündete ich und fügte meinen Handabdruck auf ihre andere runde Pobacke hinzu. Ich behielt meine Hand dort, rieb über die erhitzte Haut.

„Kein Davonlaufen, Schatz." Dash verpasste ihr einen weiteren Klaps.

„Okay, okay", erwiderte sie und drehte ihren Kopf, so dass sie zu uns hochschauen konnte.

„Okay", wiederholte ich, glitt mit meiner Hand nach unten und über ihre Muschi. Verdammt, sie war klatschnass.

Sie stöhnte und schloss ihre Augen.

Ich glitt leicht hinein und ihre Wände zogen sich zusammen, während sie wieder stöhnte. Lusttropfen sickerten eifrig aus meiner Spitze, aber es war noch nicht an der Zeit. Nachdem ich meine Finger aus ihr herausgezogen hatte, umkreiste ich ihre Klitoris, sanft und vorsichtig, während sich Dash das Gleitgel und den Stöpsel schnappte.

„Hast du jemals zuvor einen Analstöpsel in dir gehabt?", fragte Dash, wobei er die klare Flüssigkeit über die Öffnung tropfte.

„Ja", flüsterte sie.

Seine Fingerspitzen aneinander reibend, bedeckt er sie mit etwas Gleitgel, dann fand er ihre gekräuselte Öffnung.

„Ganz locker, Schatz. Jetzt werden wir dich zuerst für den Stöpsel vorbereiten. Nur mein Finger."

Ich kniete mich hin, so dass ich weiterhin mit ihrer Klitoris spielen konnte, während Dash anfing, das Gleitgel um ihren Hintereingang zu verteilen. Er kreiste und drückte nach innen, dann tropfte er ein wenig mehr dazu. Mir konnte nicht entgehen, wie meine Finger von ihrem Saft glitschig wurden, als sie aus ihr glitten. Es gefiel ihr, dass wir mit ihr spielten, genauso wie in jener Nacht im Hotelzimmer.

Aber jetzt würden wir weiter mit ihr gehen und hoffentlich bald noch weiter. Den ganzen Weg.

Als Dash seinen glitschigen Finger aus ihr zog und die schmale Spitze des Stöpsels in Position brachte, versteifte sie sich. Ich bedeckte meinen Daumen mit ihren Säften und begann ihre Klitoris mit ein wenig mehr Zuwendung zu umkreisen. Sie stand wie eine harte Perle heraus und ich wusste in der Sekunde, in der sie sich entspannte und stöhnte, dass es eine gute Ablenkung von Dashs Handlungen war.

Er war vorsichtig, geduldig und arbeitete den Stöpsel langsam in sie. Ich beobachtete, wie sich ihr enger Ring zu einem straffen Weiß um die weiteste Stelle des kleinen Stöpsels weitete, dann das letzte Stück nach innen rutschte und ihr Loch füllte.

Avery keuchte, dann brach sie zusammen.

„Gutes Mädchen", lobte Dash sie und streichelte ihre rosa Pobacken mit seiner Hand. Ich nickte ihm zu, bevor er sich zum Badezimmer umdrehte, um sich zu säubern.

Ich stand auf, bewegte mich so, dass ich direkt hinter ihr stand und schob ihre Füße mit meinen weiter auseinander. Mit einer Hand auf dem Bett direkt neben ihrer Schulter, beugte ich mich nach vorne, brachte meinen Körper über ihren und küsste mich ihren Hals hoch bis zu ihrem Ohr. „Bald werden wir beide in dir sein. Kein Stöpsel. Nur unsere Schwänze. Wer soll deinen Hintern erobern, ich oder Dash?", murmelte ich.

Sie lächelte träge, ihre Augen waren nach wie vor geschlossen. Sie war so klein, so warm, so perfekt unter mir. Mein Schwanz war nicht so zufrieden, als er sich an ihre Falten schmiegte und mit ihrem Verlangen bedeckte.

Dash kam zurück und warf einen langen Streifen Kondome auf das Bett.

„Bereit für unsere Penisse?", fragte ich.

„Bitte", bettelte sie. „Bitte, bitte."

Ich beugte mich ein wenig nach vorne, damit ich ihre Bitten wegküssen konnte, als Dash eine Packung aufriss und ein Kondom überrollte.

Ich drückte mich vom Bett und bewegte mich so, dass Dash meinen Platz einnehmen konnte.

Meine Eier schmerzten mit dem Verlangen, mich in ihr zu versenken. Ihr Duft in der Luft und an meinen Fingern ließ mir das Wasser im Mund zusammenlaufen und weckte den Wunsch in mir, Dash aus dem Weg zu schubsen und von ihr zu kosten. Stattdessen riss ich ein Kondom von dem Streifen und beobachtete, wie Dash langsam in sie sank. Er ging behutsam vor, um langsam zu sein, da sich der lila Griff des Stöpsels direkt vor ihm befand.

Zu beobachten, wie ihre Muschi ihn tief aufnahm, zu wissen, wie eng sie sein musste, wie feucht, sorgte dafür, dass ich die Wurzel meines Schwanzes drückte, damit ich nicht kommen würde.

Mit einer Hand auf der Kette, die ihre Handgelenke verband, begann sich Dash zu bewegen. Er stieß seine Hüften tief, dann zog er sich zurück.

Averys Augen waren geschlossen, ihr Mund geöffnet. Sie wölbte ihren Rücken, um so viel von Dash aufzunehmen, wie sie konnte.

„Gefällt dir das?", fragte ich.

„Gott, ja", sagte sie wieder. „Mehr."

Dash grinste, als er sie schneller nahm. Härter. Nach nur wenigen Minuten tropfte Schweiß von seiner Braue.

„Ich komme!", schrie sie.

„Scheiße, sie erwürgt meinen Schwanz. Ich kann mich nicht zurückhalten, Schatz. Du bist zu gut." Dash schloss seine Augen, presste sein Kiefer zusammen, stieß tief in sie und kam mit einem Knurren.

Ich schnappte den Schlüssel vom Tisch und wartete.

Ihre heißeren Schreie ertönten sogar noch, nachdem

sich Dash vorsichtig rausgezogen hatte, wobei er das Kondom gut festgehalten hatte. Er zeigte ein sehr zufriedenes Grinsen und wandte sich dem Badezimmer zu. Mistkerl.

Ich beugte mich nach vorne und öffnete ihre Handschellen.

„Vorsicht. Lass mich dir helfen", sagte ich, während ich sie in meine Arme nahm und auf meinen Schoß setzte. Ich rieb über ihre Oberarme und Schultern. „Irgendwelche Schmerzen?"

Sie schaute ein wenig verträumt zu mir hoch. Ich fühlte den Griff des Stöpsels an meinem Schenkel. Und ihre Säfte. Sie tropfte immer noch. „Nein."

„Bereit für mehr?"

Sie lächelte zu mir hoch, als ob sie unter Drogen stehen würde. Ihre Wangen waren gerötet, ihre Haut so verdammt warm. Weich. Perfekt.

„Mmmhmm."

Ja, das hatte ich mir gedacht. Unser Mädel war immer bereit.

# KAPITEL ACHT

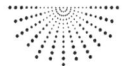

VERY

Wow. Ich hatte nie gewusst, dass es mir gefiel gefesselt zu sein. Nein, nicht gefesselt. In Handschellen zu sein. Und auch nicht die billigen, mit Fell überzogenen. Zuerst war ich verblüfft gewesen, als Mrs. Wray mich an ihren Sohn gekettet hatte ohne eine Ausweichmöglichkeit, für einige Sekunden war ich sogar in Panik geraten. Aber Jackson hatte sich nicht daran gestört. Er war überrascht gewesen, ja. Welche Mutter legte ihrem Sohn und dessen Verabredung absichtlich Handschellen an?

Aber als wir die Party verlassen hatten, hatte mich die Vorstellung, ein wenig wild mit den Jungs zu werden, wirklich sehr erregt. So erregt, dass ich im Truck über sie hergefallen war. Ja, ich war dreist gewesen, aber es waren Jackson und Dash und ich fühlte mich mit den beiden wohl. Sie verurteilten mich nicht, hielten mich nicht für eine Schlampe, weil ich genau wusste, was ich wollte und es mir nahm.

Sie.

Als Jackson jedoch den Schlüssel aus seiner Tasche gezogen hatte, war ich sogar noch verblüffter gewesen. Sie hatten mir die Wahl gelassen. Ich durfte selbst entscheiden, wie unsere Nacht ablaufen würde. Sie wollten mich in Handschellen legen. Ihre harten Schwänze waren der Beweis, dass ihnen die Vorstellung, ich wäre ihnen ausgeliefert, gefiel. Aber sie wollten mich auf diese Weise, weil ich zugestimmt hatte, nicht wegen einer verkuppelnden Mutter.

Jackson und Dash dominierten nur, wenn ich gewillt war, mich zu unterwerfen. Sie hatten mit Voraussicht gehandelt. Sie wollten mich wieder und sie hatten sich darauf vorbereitet. Darauf gehofft. Als sie den Schlüssel hochhielten, war das mein Entscheidungsmoment. Nicht nur den Schlüssel, sondern auch den Stöpsel.

Als ob es eine Entscheidung *gäbe*, die ich treffen müsste.

Ich wollte sie. Ich wollte, dass sie mir Handschellen anlegten und mit mir machten, was sie wollten. Und das hatten sie.

Aber sie waren noch nicht fertig. Noch nicht einmal annähernd.

Jackson packte meine Taille und drehte mich so, dass ich auf meinem Rücken auf dem Bett lag und er über mir aufragte. Ich schlang meine Beine um seine Taille, während seine Füße auf dem Boden waren. Nach einem leichten Ruck befand ich mich am Rand der Matratze und er war tief in mir.

Er fühlte sich anders an als Dash, bewegte sich anders. Berührte mich auf seine eigene, besondere Art. Jackson war sanfter, aber beharrlich. So wie er mich nahm, wie er seine Stellungen änderte und seine Hüften bewegte, war es, als würde er genau wissen, welchen Winkel er einnehmen und wie schnell er sich bewegen musste. Er vollführte eine Art Kreis mit seinen Hüften und drückte jedes Mal auf meinen Kitzler, wenn er tief in mir war. Er presste sich auch gegen den Griff des Stöpsels, schob ihn jedes Mal in mich, genauso wie es Dash getan hatte.

Sein Atem strich über meinen Hals, sein Bart setzte meine empfindliche Haut in Brand. Überall, wo er mich berührte, erwachte ich zum Leben. Als er sich auf seinen Unterarmen niederließ und seine Brust sich an meine presste, waren meine Nippel harte Spitzen unter ihm. Unsere Haut war glitschig und mit jedem Stoß, schickten meine Nippel einen heißen Strahl zu meiner Klitoris.

„Jackson, ja. Mehr."

„Schh, ich weiß, was du brauchst." Er küsste meinen Hals entlang, leckte die empfindliche Stelle hinter meinem Ohr, während ich mich an ihn klammerte. Ich konnte jedes Spiel und jede Bewegung seiner Rückenmuskeln spüren und meine Hand glitt nach unten, um seinen Hintern zu umfassen. Gott. Ich würde kommen.

Es war so gut. So, so gut. Mein Kopf schlug auf der Matratze hin und her, als er sich schneller bewegte. Tiefer. Härter. Mit seinen Füßen auf dem Boden und einer Hand auf meiner Schulter hatte er eine unglaubliche Kraft. Er war so groß, dass die Eichel seines großen Schwanzes gegen meine Gebärmutter stieß. Mein Atem entwich mir im Takt mit seinen Bewegungen.

„Jackson, ich…ähm, ja. Mehr. Ich kann nicht – "

Ich war nah, aber noch nicht dort. Ich brauchte noch etwas mehr, aber es gab zu viele Empfindungen. Sein Mund auf meinem Hals, sein Penis schön tief, das Gefühl des Stöpsels, der Druck seines Körpers.

Er verlagerte sein Gewicht, griff nach unten und zog an dem Stöpsel.

Meine Augen klappten auf und ich starrte zu ihm hoch. Er grinste, obwohl ich die Spannung in seinem Gesicht sehen konnte. Seine dunklen Augen waren fast schwarz, sein Gesicht gerötet.

„Dir gefällt das, oder?"

Ich nickte nur mit meinem Kopf, denn es gab keine Worte. Mein ganzer Fokus lag auf dem Stöpsel und er fickte mich damit, bearbeitete den engen Schließmuskel und weckte dort jedes einzelne Nervenende.

„Wenn du bereit bist, werden wir dich gemeinsam nehmen. Es wird sich wie das hier anfühlen. Nur besser", schwor er mir.

Ich spürte, wie Dashs schweres Gewicht das Bett neigte, als er sich auf einen Ellbogen zurücklehnte und meine Haare streichelte. „Ich werde nicht hier sein, Schatz. Ich werde hinter dir sein, mein Schwanz tief in diesem Hintern, während Jackson deine Pussy füllt."

Meine Augen klappten zu, weil ich fast dort war. Gott, es war…oh!

Er zog den Stöpsel vollständig heraus und ich kam, mein Rücken wölbte sich, meine Fersen drückten in Jacksons Po. Er schob den Stöpsel zurück nach innen.

Ich schrie.

Jackson hielt inne. Schwoll an. Stöhnte. Kam.

Es war zu viel. Sie waren zu viel. Das Letzte, was ich hörte, bevor ich einschlief, war Dashs schnelles Lob: „Gutes Mädchen."

* * *

ICH MUSSTE nach diesem letzten epischen Orgasmus eingenickt sein, da das Nächste, an das ich mich erinnerte, war, dass ich in einem dunklen Raum blinzelnd erwachte. Jackson lag auf einer meiner Seiten, Dash auf der anderen.

Sie schliefen nicht.

Ich hatte ein wenig Probleme damit, mich aufzusetzen. „Wie viel Uhr ist es?"

Ich holte tief Luft, stieß sie aus und suchte nach einer Uhr. Das Zimmer war dunkel, das Licht aus dem Flur bot nur einen schwachen Lichtschein.

Dash zog mich zurück nach unten, so dass ich wieder zwischen ihnen kuschelte. Ich erinnerte mich nicht einmal daran, dass die Decken über uns gezogen worden waren. Jackson hatte mir den Orgasmus aller Orgasmen geschenkt. War ich vor ihnen ohnmächtig geworden?

„Es ist noch nicht so spät, aber wir wollten dich nicht aufwecken", antwortete er. „Wir haben dich hart rangenommen."

Ich war ein wenig wund, aber seltsamerweise fühlte es sich gut an. Der Schmerz tief in meiner Muschi und das leichte Brennen meines Hinterns waren nur eine Erinnerung daran, was sie mit mir getan hatten. Wem ich mich unterworfen hatte.

„Gibt es da nicht irgendeinen Cowboy-Spruch, „Hart geritten und feucht in den Stall gestellt"?", fragte ich.

Eine Hand glitt meinen Schenkel hinunter und zwischen meine Beine.

„Wir haben dich hart geritten", murmelte Jackson, „und du bist definitiv feucht."

Das Gefühl seiner sanften Finger veranlasste mich dazu, meinen Rücken zu wölben. Ich war gut gefickt worden und definitiv ein wenig wund, aber nicht genug, um seine Hand wegzustoßen. Ich schmolz in seine Berührung, meine Pussy wurde sofort heiß, als ob sie die Berührung erkennen würde.

Mein Körper kannte diese Männer, wollte sie, trotz der Tatsache, dass mein Gehirn mir sagte, dass es an der Zeit war, davonzulaufen.

Vögeln war etwas, das ich tun konnte, aber danach

Kuscheln? Rummachen? Einfach nur die Körper der anderen in diesem verträumten Nachglimmen genießen? Das war nicht wirklich mein Ding. Aber so sehr ich mir das auch einredete, mein Körper hegte definitiv andere Vorstellungen und sie beinhalteten zwei prächtige Schwänze. Ich spreizte meine Beine weiter.

Ich war die glücklichste Frau der Welt, denn ich hatte zwei Männer auf jeder Seite von mir. Sie waren umwerfend, klug, nett und wussten genau, wie sie mich zum Orgasmus bringen konnten.

Es war schwer, die wohlige, warme Empfindung, zwei Männer zu haben, die mich verwöhnten und mit mir schmusten, zu bekämpfen. Und mich befummelten.

Ich streckte meine Arme über meinen Kopf, um mich zu dehnen und meinen Rücken in die spielerische Berührung zu drücken. Meine Hand traf auf etwas Hartes und Kaltes. Die Handschellen. Sie hochhaltend, ließ ich sie von einem meiner Finger baumeln, während ich meinen Kopf von einer Seite zur anderen drehte, um jeden meiner Männer anzuschauen. Die Hand zwischen meinen Beinen hielt inne.

„Ich kann nicht glauben, dass ihr mir weisgemacht habt, dass ich in diesen Dingern gefangen wäre."

Jacksons Grinsen zeigte keinerlei Reue. „Es hat funktioniert, oder nicht? Sie haben dich zu uns ins Bett gebracht."

„Ich musste nicht in Handschellen gelegt werden, damit das passierte."

„Aber es hat dir gefallen, zu wissen, dass du an mich gebunden warst. Dann später, als du nur in Handschellen und uns ausgeliefert warst." Jackson umkreiste meine Klitoris. „Die Spitzen meiner Finger sind glitschig. Du bist feucht für uns, nur weil wir darüber reden."

„Nein, ich bin – *immer noch* – feucht für euch. Und es hat funktioniert, weil eure Schwänze riesig sind", entgegnete ich. Ich gab ein finsteres Gesicht vor und mein Bestes, um wütend zu wirken, aber sie ließen sich nicht täuschen. Besonders nicht, weil ihre riesigen Schwänze definitiv kein Grund für Beschwerden waren.

„Es hat funktioniert, weil es dir gefällt, gefesselt zu sein", ergänzte Jackson. „Dir gefällt es, wenn dich zwei Männer dominieren und dir sagen, was du tun sollst. Wenn sie dich ficken, bis du bewusstlos wirst."

Jackson zog seine Hand unter der Decke hervor und leckte seine Finger, die in mir gewesen waren. Gott, war das heiß.

Dash umfasste mein Kinn und drehte mich so, dass ich ihn anschauen musste. Seine Finger waren sanft, die lange Linie seines Körpers hart, dennoch so warm. „Du solltest mittlerweile verstanden haben, dass wir alles tun werden, was nötig ist, damit du bei uns bleibst. Sogar dich in Handschellen legen, wenn es nötig ist."

Mir konnte der dunkle Blick in seinen Augen nicht entgehen. Er war zu intensiv. Zu ehrlich. Sogar Jackson schien ungewöhnlich stoisch, als er auf meine Antwort wartete.

Sie meinten es ernst. Mit mir. Mit uns.

Panik sorgte dafür, dass ich mich wieder ins Sitzen kämpfte. Es war nicht nur Panik bei dem Gedanken, dass sie mich wollten – und mir vertrauten. Als eine Bridgewater Einheimische wusste ich genau, was das mit sich brachte. Nein, was mein Adrenalin zum Pumpen brachte, war das seltsame Sehnen, das ich in meiner Brust fühlte. Sie wollten mich…und es schien, dass ein Teil von mir in Versuchung war, sie ebenfalls zu wollen. Und zwar für mehr als eine wilde Nacht. Handschellen würden nicht benötigt werden. Und es war nicht nur meine Vagina.

Fuck. Das war so was von nicht Teil des Plans. Ich war nur noch für ein paar Tage hier. Danach würde ich Bridgewater wieder verlassen, wie immer. Verlockend oder nicht, es war einfach keine Möglichkeit. *Sie* waren keine Möglichkeit.

Aber die Nacht war noch nicht vorbei und ich wollte heute Nacht auf keinen Fall darüber nachdenken. Sie bedrängten mich nicht mit dem Thema, also warum sollte ich eine super Zeit ruinieren, indem ich über die Zukunft sprach? Besonders, wenn ich wusste, dass es keine Zukunft gab, zumindest nicht für uns.

Sie beobachteten mich besorgt, wahrscheinlich weil ich wie ein Angsthase in die Höhe geschossen war. Sie mochten zwar zuvor die Kontrolle gehabt haben, aber ich bestimmte mein Schicksal. Und ich würde das einen Tag nach dem anderen entscheiden. Eine Nacht. Und heute Nacht würde ich genau zwischen ihnen bleiben.

Ich wandte mich mit einem verschmitzten Grinsen zu ihnen, während die Handschellen nach wie vor von meinem Finger baumelten. „Sagt mal, Jungs, fällt euch keine andere Art ein, wie ihr mich kontrollieren könnt, ohne mich zu fesseln?"

Ihr antwortendes Lächeln war so verdammt sexy.

„Du willst, dass wir dich wieder kontrollieren?", fragte Dash und sein Grübchen zeigte sich auf seiner Wange.

Ich biss auf meine Lippe und nickte.

Dash schob die Decken nach unten zum Fuß des Bettes und packte seinen Schwanz. „Saug an mir, Schatz, während Jackson deinen Hintern fickt."

Meine Augen weiteten sich bei den versauten Worten. Den richtig versauten Worten. Jackson streckte seine Hand aus, schnappte das Gleitgel und ein weiteres Kondom vom Nachttisch.

Trotz Dashs dominanten Tonfalls zwinkerte er mir zu. Ja, auch wenn sie die Kontrolle hatten, so hatte ich definitiv die ganze Macht. Ich wollte dies mit ihnen. Nein, ich wollte sie. Und so erhob ich mich auf meine Knie und unterwarf mich. Die ganze Nacht lang.

## KAPITEL NEUN

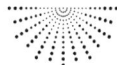

 VERY

Zwei One-Night-Stands mit den gleichen Männern. Das war eine Art Rekord. Männer, plural, definitiv, aber es war das zweimal Ding, das eine große Sache war. Sie hatten mich auf ihrem Weg zur Tierklinik am Haus meiner Eltern abgesetzt. Ich hatte gehofft, dass meine Eltern bereits zur Arbeit gegangen waren, um irgendwelche schrecklichen, persönlichen Fragen über meine nächtlichen Aktivitäten zu vermeiden, aber das war nicht der Fall.

Sie waren zu Hause. Und stritten.

„ – mach es zumindest dort, wo niemand darüber Bescheid weiß", sagte meine Mutter mit scharfer Stimme. Laut genug, so dass man es auch außerhalb der Küche hörte.

Ich schloss leise die Eingangstür hinter mir und zog meine Jacke aus.

„Oh bitte", entgegnete mein Vater. „Jeder, der im Hotel in der 7thAvenue arbeitet, weiß von dir und deinem Lover."

Mom lachte, obwohl sie nicht erfreut war. „Lover? Zumindest ist er im legalen Alter."

Ich schlüpfte aus meinen Stiefeln und zuckte zusammen, als sie auf die Gummimatte knallten. Das Gezanke stoppte und sie kamen beide ins Wohnzimmer.

„Wo bist du gewesen?", fragte meine Mutter. Sie trug Hosen und einen Pullover, aber sie musste sich noch schminken oder Schmuck anlegen.

Mein Vater war für die Arbeit angezogen – ohne seine Schuhe, die auf der Matte neben meinen Stiefeln standen – und hielt eine Kaffeetasse in der Hand. Der herbe Duft war die einzige tröstliche Sache in diesem Haus. Es gab keinen Weihnachtsbaum. Keinen flackernden Kamin. Überhaupt keine Wärme. Nicht einmal von meinen Eltern.

Gott, ich konnte mich nicht an das letzte Mal erinnern, an dem sie mich umarmt hatten. Mrs. Wray hatte mich während der Party mindestens fünfmal umarmt und ich hatte sie gerade erst kennen gelernt. Jacksons Väter hatten mich auch umarmt. Sie lächelten, waren warmherzig und hatten mich willkommen geheißen. Sie urteilten nicht. Sie mochten mich einfach, weil Jackson es tat.

Sie respektierten ihren Sohn, liebten ihn bedingungslos. Dash ebenfalls.

Und dennoch waren meine Eltern für mich wie Fremde. Fremde, die meine Vergangenheit kannten. Meine kaum geliebte Vergangenheit.

„Ich habe es euch doch erzählt, ich hatte ein Date."

„Die ganze Nacht?", bohrte mein Vater nach. Sein Ton war anklagend und ließ mich zornig werden.

„Ich bin nicht sechzehn, Dad." Ich zog meinen

anderen Stiefel mit einem dumpfen Knall aus.

Er zog die Nase hoch. „Trotzdem, du hast einen Ruf zu bewahren."

Okay, jetzt war ich stinksauer. Ich war müde. Ich war nicht länger entspannt von einer wilden Nacht des Fickens. Ich hatte noch keinen Kaffee gehabt und mein Vater beschuldigte mich, meinen Ruf *ruiniert* zu haben? Ich biss auf meine Lippe, bevor ich etwas sagte, dass ich bereuen würde.

„Das musst gerade du sagen", giftete meine Mom.

„Meine Güte, Marla", erwiderte er. „Jeder wird auf Jackies Hochzeit über Averys ordinäres Verhalten reden."

Ich hängte meine Jacke an den Haken und verdrehte die Augen. *Ordinäres Verhalten?*

„Steht deine Sekretärin nicht auch auf der Gästeliste?", blaffte sie, wodurch ich realisierte, dass seine Sekretärin seine neueste Geliebte war.

„Ich werde duschen gehen", erklärte ich, was sie dazu veranlasste, wieder zu mir zu blicken. Ich konnte fast drei Schritte machen, bevor meine Mutter ihre Hand hochhielt.

„Ich habe dein Kleid für die Hochzeit in deinen Kleiderschrank gehängt. Vergewissere dich, dass es dir passt, da du ja in Mexiko oder Mosambik warst und die Anprobe verpasst hast. Wir wollen, dass die Familienfotos gut aussehen."

„Familie? Du willst, dass die Familienfotos gut aussehen", wiederholte ich in ungläubigem Tonfall. „Warum? Damit du weiterhin vortäuschen kannst, wir wären immer noch eine richtige Familie? Du interessierst dich weder für mich oder meinen Job oder was ich tue. Was mich glücklich macht."

Die Augenbrauen meiner Mutter hoben sich bis unter ihren dunklen Pony. „Wie können wir das? Du bist nie hier."

„Alles, was du tun musst, ist zu fragen, Mom. Ich habe eine E-Mail-Adresse und ein Handy, es gibt Videoanrufe. In derselben Stadt zu sein, sollte nicht von Bedeutung sein."

Ich dachte an Dash und Jackson. Sie wollten mich wie und wo auch immer, sie mich haben konnten. Keine Bedingungen.

Sie verstanden mich und was mich bewegte nach nur wenigen Tagen auf eine Weise, wie es meine Eltern *immer noch* nicht taten.

„Du bist jetzt hier", konterte sie. Obwohl sie ihre Lippen spitzte, zeigte sie kein äußerliches Anzeichen für Wut. Sie hatte durch meinen Dad jede Menge Übung darin. „Dein Vater hat recht. Du solltest nicht mit den gleichen Klamotten durch die Eingangstür laufen, in denen du am Vorabend gegangen bist."

Ich warf meine Hände in die Luft. „Du hast mich doch dazu gedrängt, hier in Bridgewater einen netten Mann zum Ausgehen zu finden. Ich habe zwei gefunden. *Jetzt* erzählst du mir, dass ich es übertreibe? Kannst du jemals einfach nur glücklich sein?"

„Sprich nicht so mit deiner Mutter", schimpfte Dad.

„Warum nicht? Du tust es doch auch."

Das wars. Ich war fertig. Ich ging in mein Zimmer und knallte die Tür zu. Mit ihnen zu reden, war, als würde ich meinen Kopf gegen die Wand schlagen. Dies war das allererste Mal, dass ich ihnen wirklich Kontra gegeben hatte. Auch wenn ich gerne sagen würde, dass es sich gut anfühlte, fühlte es sich tatsächlich ziemlich schrecklich an, weil es keinen Unterschied gemacht hatte. Sie würden sich nicht ändern. Wenn sie von der Arbeit nach Hause kämen, würden sie gleich wieder aufeinander losgehen. Und auf mich.

\* \* \*

Iᴄʜ ᴅᴜsᴄʜᴛᴇ, dann schlief ich den Großteil des Tages, aber ich stellte sicher, dass ich aus dem Haus war, bevor meine Eltern zurückkehrten.

Es war Happy Hour und ich saß in einer Tischnische im Barking Dog. Jackson und Dash hatten mich dort direkt nach der Klinik getroffen. Gott, ich war seit Jahren nicht in dieser Bar gewesen. Sie sah immer noch genau gleich aus. Wie alles andere in Bridgewater schien die lokale Kneipe in der Zeit festzustecken, was auch immer geschah.

Nicht, dass ich mich beschwerte – heute Nacht spendete mir die Vertrautheit Trost. Oder vielleicht fühlte ich mich auch einfach völlig geborgen und zufrieden, weil ich Jacksons Hand auf einer Seite auf meinem Knie hatte und Dashs Arm mich von der anderen umschlang, während sie mir von den Fällen ihres Tages berichteten. Zwei Hunde, ein Papagei, zwei Schafe und eine wilde Geschichte darüber, wie sie eine verwilderte Katze gefangen hatten. Musik dröhnte aus der Musikbox und das Bier war schön kalt.

Bis auf die verwilderte Katze, konnte sich ein Mädchen an das alles gewöhnen.

Ich seufzte, weil ich realisierte, dass ich nicht solche Dinge denken konnte. Ich konnte mich nicht verwirren lassen, nur weil ich einmal Spaß in Bridgewater hatte, trotz des verbalen Streits mit meinen Eltern. Ein fantastischer, sexgefüllter Besuch entsprach nicht gleich einer Verpflichtung. Es war eine erfreuliche Erfahrung, gewürdigt und genossen zu werden…und dann wegzulaufen. Mein Herz in Sicherheit.

Gewürdigt und genossen. Ich lachte innerlich, weil das *absolut* nicht aussagte, wie ich das, was ich mit Dash und Jackson tat, beschreiben würde. Und es war nicht nur *erfreulich*. Es war überwältigend. Wild. Verrückt. Unglaublich.

Dennoch würde ich nach wie vor gehen.

Jackson musste mein Gedanken gelesen haben, denn er fragte: „Also, Avery, wann fliegst du zu deinem nächsten Auftrag?"

Dashs Griff auf meiner Schulter verstärkte sich, aber er machte keinen Kommentar.

„Direkt nach der Hochzeit", antwortete ich, wobei ich auf mein Pint-Glas schaute. Ich nahm einen Schluck und ließ den bitteren Geschmack auf meiner Zunge wirken.

„Brasilien, richtig?", fragte Jackson.

Ich nickte. „Amazonas-Regenwald."

Ich wollte so was von nicht darüber reden. Ich genoss diesen Moment und dachte sehr bewusst *nicht* über die Zukunft nach. Oder, noch viel wichtiger, meine bevorstehende Abreise. Zum ersten Mal wirkte ein Flugzeugsitz nicht allzu verlockend. Das Packen meines Koffers, eine Tortur. Zollkontrollen. Jet lag. Einsamkeit. Ich blickte düster drein, nur weil ich an all das dachte. Ich fühlte mich wie der Grinch, der die Freude aus der Weihnachtszeit saugte.

Bah, Humbug.

„Wirst du dort sicher sein?" Dashs Stimme klang barsch in meinem Ohr und sein Griff hatte sich nicht das kleinste bisschen gelockert.

„Natürlich", entgegnete ich und blickte zu ihm. Ich hoffte es. „Ich treffe alle Vorkehrungen, um vorsichtig zu sein." Meine Stimme klang steif und ich faltete automatisch meine Arme in einer defensiven Geste vor der Brust.

Jackson schaute über meinen Kopf zu Dash und ich fühlte, wie sich Dashs Griff entspannte. Seine Hand rieb über die Stelle, die er gepackt hatte, als ob er versuchen würde, seine Übergriffigkeit zu lindern. „Tut mir leid, Avery. Ich wollte nicht so – "

„Übergriffig sein?", schlug ich vor. *Wie meine Eltern?*

Dash seufzte. „Ja, das. Es ist nicht so, dass ich dir nicht

vertraue. Zur Hölle, du bist die selbstständigste, unabhängigste Frau, die ich kenne. Das ist eines der Dinge, die so attraktiv an dir sind."

„Und deine Brüste", fügte Jackson hinzu und zwinkerte mir zu.

Ich lächelte ihn an, während Dash fortfuhr.

„Ich mach mir einfach nur Sorgen um deine Sicherheit. Es ist unsere Aufgabe, dich zu beschützen."

Jackson stöhnte leise neben mir, genau bevor ich sie daran erinnerte:

„Ich habe dem nicht zugestimmt. Ihr müsst mich nicht beschützen." Ich wandte mich an Jackson. „Und ihr müsst auch nicht versuchen, mich dazu zu bewegen, hier zu bleiben. Das erledigt meine Familie schon zur Genüge. *Ich* werde entscheiden, was ich mit meiner Zukunft mache."

„Das wissen wir", sagte Jackson schnell und legte seine Hand flach auf den Tisch, als ob er Angst hätte, mich zu berühren. „Und wir entschuldigen uns, falls wir zu drängend waren. Es ist nur – "

„Wir wissen, was wir wollen", beendete Dash seinen Satz. „Wir haben eine lange Zeit gewartet, um Die Eine zu finden und du bist es, Schatz."

Wow. Okay. Das hatte ich nicht erwartet. Die Worte konnten unmöglich ignoriert werden. Sie hatten körperliche Auswirkungen auf mich, da sie dafür sorgten, dass sich meine Brust zusammenzog und mein Herz schneller schlug. Solch nette Worte, aber das änderte nichts. Ich wusste, worüber sie sprachen – die Bridgewater Weise. Sie wollten, dass ich mich niederließ. *Niederließ*. Ein Wort, dass mich erschaudern ließ, egal wie sehr ich den Gedanken, mit ihnen zusammen zu sein, liebte. Den Gedanken, dass sie mich so sehr beschützten, wie sie wollten. Dass ich *gewollt* wurde.

„Ich schätze, ihr Jungs denkt, ich sollte kündigen, richtig? Ich sollte hierher zurückkommen und einfach alles aufgeben. Vielleicht eine Kellnerin sein wie Jackie." Ich lachte sanft, aber es lag kein Humor in dem Lachen. Sie wollten, dass ich einen Teil von mir aufgab, damit wir zusammen sein könnten. Sie verstanden es einfach nicht. Niemand tat es. „Dem Club beitrete."

Jacksons Hand umfasste mein Kinn und drehte mich sanft, damit ich ihn anblickte. „Das ist überhaupt nicht das, was wir sagen möchten. Und werfe uns nicht in einen Topf mit deinen Eltern."

Ich starrte ihn mit gerunzelter Stirn an. Er wirkte aufrichtig. Mich zu Dash drehend, sah ich, dass er zustimmend nickte. „Wir haben dir das bereits zuvor erzählt. Wir würden dich niemals darum bitten. Du liebst eindeutig, was du machst und wir unterstützen das zu hundert Prozent."

„Wir sind stolz auf deine Leistungen", fügte Jackson hinzu, bevor er jemandem auf der anderen Seite des Raumes kurz winkte.

Stolz auf mich und meinen Job? Mein Kopf und Herz brauchten einen Moment, um das zu verarbeiten. Schließlich räusperte ich mich.

„Aber ihr wollt, dass ich bleibe", versuchte ich Licht in die Sache zu bringen. „Und ihr ärgert euch, dass ich wieder reise."

„Uns ist es egal, ob du reist", erwiderte Dash langsam und nahm einen Schluck von seinem Bier, um eine kurze Pause zu machen. „Wir wollen einfach nur sicherstellen, dass du sicher bist, wenn du es tust. Der Gedanke, dass du in Gefahr bist…" Seine Stimme verlor sich, während er seinen Kopf schüttelte, als ob allein der Gedanke zu schrecklich wäre, um ihn auszusprechen. „Wir würden so fühlen, wenn du nach Brasilien oder Butte gingst. Zur Hölle, sogar zum Lebensmittelgeschäft in der 7thAvenue, besonders zu dieser Zeit des Jahres mit den vereisten Straßen."

Ihre aufrichtige Sorge erweichte meine letzte Abwehr. Ich lehnte mich zurück an Dashs Brust und schlang seinen Arm ein weiteres Mal um mich, bevor ich Jacksons Hand in meine nahm.

„Ihr habt recht", gab ich zu. Es kostete mich eine Menge Kraft, das laut auszusprechen, aber sie waren ehrlich mit mir gewesen, also war das das Mindeste, was ich ihnen im Gegenzug geben konnte. „Ich liebe meinen Job, aber ich mag nicht immer die Situationen, in die er mich bringt." Ich erschauderte bei der Erinnerung an die Gewehrschüsse in Mexiko.

Dash küsste mich auf den Kopf, als ob er sich für mein Geständnis bedanken wollte. „Wir würden dich niemals bitten, zu kündigen. Außerdem würde es mich nicht stören, ab und zu mit dir zu gehen, an irgendeinen tropischen Ort, wo ich mich vergewissern kann, dass du mit Sonnencreme bedeckt bist. Vollständig bedeckt. Dann würde ich mich zurücklehnen und deine wundervollen Bräunungslinien anstarren."

Das klang ziemlich gut.

Jackson drückte meine Hand und schenkte mir sein gelassenes Grinsen, das mich verrückt machte. Zur Hölle, ihre Küsse machten mich verrückt. *Alles* an ihnen machte mich verrückt.

„Wir wollen nur, dass du zwischen deinen Aufträgen zu uns zurückkommst, damit wir dich verwöhnen und sicherstellen können, dass du in Sicherheit und gesund bist. Wir wollen unser Leben mit dir teilen. Unsere Jobs, deinen. Alles."

Ich starrte ihn für eine Weile an, während Dash mit der Nase über die Seite meines Halses rieb. Heilige Scheiße, das klang zu gut, um wahr zu sein.

„Solange du nach Hause und zwischen uns ins Bett

kommst, werde ich ein glücklicher Mann sein", gab Dash zu.

Es entstand eine Stille, während ich das verarbeitete und ich wusste, sie warteten auf meine Antwort. Aber eine vertraute Figur, die auf der anderen Seite der Bar in der Nähe der Musikbox tanzte, weckte meine Aufmerksamkeit.

Ich setzte mich so schnell auf, dass ich meinen Ellbogen ausversehen Dash in den Magen rammte, was ihn grunzen ließ.

„Was ist los?", fragte Jackson. „Siehst du jemanden, den du kennst?"

Ich lächelte bei dem Anblick von Jackie, die lachte und tanzte. „Das könnte man sagen." Ich stupste Jackson. „Lass mich raus, ich muss zu meiner Schwester hallo sagen."

Jackson half mir auf, aber blieb mit Dash zurück. Ich grinste, als ich auf sie zulief. Ich hatte noch keine Möglichkeit gehabt, sie zu sehen, seit sie mit ihrem Verlobten zusammenlebte. Sie war so in die Hochzeitsvorbereitungen eingebunden gewesen und ich – meine Gedanken blitzten zurück zu der Art, wie mich meine Männer in Handschellen gebunden hatten und ich unterdrückte ein Lachen. Na ja, ich schätze ich war auch ziemlich eingebunden gewesen.

Jackies Rücken war mir zugewandt und ich hatte sie fast erreicht, als ich meine Schritte verlangsamte. Sie tanzte, alles klar, aber nicht mit ihrem Verlobten. Ich hatte Collin im Sommer getroffen und er war ein großer, dünner, blonder Mann. Der Mann, an dem sich Jackie auf der Tanzfläche rieb, war stämmig, hatte eine Glatze und wirkte mehr wie ein Biker als ein Autoverkäufer. Definitiv nicht Collin.

Sie wirbelte herum und erblickte mich. Ihre Augen wurden auf komische Weise groß und sie brach in ein

Kreischen aus, dass jedes Auge in der Kneipe in unsere Richtung schauen ließ. „Oh mein Gott!", schrie sie, während sie mich in eine Umarmung riss. „Mein Schwesterherz ist hier!"

„Hi, Jackie", sagte ich und löste ihre Arme von meinem Hals, als die ungestüme Umarmung ein wenig zu lange andauerte. „Schön, dich zu sehen."

Ich schaute von ihr zu dem Biker Typ, der sich an die Bar gelehnt hatte und ein halbes Bier abkippte, wobei sein Blick unverwandt auf meiner Schwester lag. Oder besser gesagt, auf dem Hintern meiner Schwester.

„Wie, äh…wie laufen die Hochzeitsvorbereitungen?", fragte ich.

Sie verdrehte die Augen. „Bäh. Sprich nicht einmal mit mir über die Hochzeit. Ich wünschte, sie wäre bereits vorbei."

Huh. Okay. Das war nicht unbedingt die glückliche Antwort der zukünftigen Braut, die ich erwartet hatte. Ich hatte angenommen, sie würde von ihrem Kleid schwärmen oder dem Kuchen oder so. Sogar den Flitterwochen.

„Ist alles in Ordnung mit dir und Collin?", fragte ich, während mein Blick ein weiteres Mal bedeutungsvoll zu dem Glatzköpfigen an der Bar glitt.

Jackie zuckte die Achseln. „Ja. Es ist in Ordnung. Was auch immer. Dieselbe alte Leier."

*Dieselbe alte Leier?* Wie romantisch. Sie schien endlich zu sehen, wohin ich schaute und sie schlang mit einem Lachen einen Arm um meinen Hals. „Oh er? Er ist nur für ein paar Tage in der Stadt. Es bedeutet nichts." Sie beugte sich nah zu mir, damit sie in mein Ohr flüstern konnte: „Du solltest seinen Schwanz sehen. Riesig."

Ich nickte. Sicher. Ein großer Schwanz. Obszönes Tanzen mit einem fast Fremden nur Tage vor ihrer eigenen Hochzeit bedeuteten nichts?

Sie verdrehte die Augen. Als ein neues Lied ertönte, begann sie, sich zur Musik zu wiegen. „Schau mich nicht so an, Schwesterherz. Es ist keine große Sache. Collin würde es nicht interessieren, selbst wenn er hier wäre." Sie zog die Nase hoch und ihr Tonfall war spöttisch. „Er würde es wahrscheinlich nicht einmal bemerken."

Ich erkannte diesen Tonfall. Sie klang genau wie meine Mutter, wenn sie über meinen Vater sprach. Mein Magen sank. Jackie lehnte sich zurück und fragte: „Brauchst du einen Drink? Lass mich dir ein Bier holen."

Ich antwortete nicht. Die Erkenntnis traf mich mit der Wucht eines D-Zuges. Heilige Scheiße. Jackie würde genauso wie meine Eltern werden. Sie heiratete Collin und es schien, dass sie ihn nicht einmal liebte. Nicht, wenn sie mit ihm *zusammenlebte*, obwohl sie sich sehr vertraut mit einem großen Schwanz auf der Durchreise machte.

Es war zu deprimierend, um es in Worte zu fassen. Minuten vergingen, in denen ich nur mitten auf der Tanzfläche stand und meine Schwester dabei beobachtete, wie sie meinen Drink bestellte und dann vergaß, ihn zu mir zu bringen. Ich sah, wie der Glatzkopf sie ansprach und trotz der Tatsache, dass mein Drink direkt vor ihr stand und warm wurde, kicherte und flirtete Jackie mit ihm. Dann bewegte sich seine Hand auf ihren Hintern und es war weit mehr als Flirten.

Armer Collin.

Arme Jackie. Vielleicht war es nicht ihre Schuld. Vielleicht war es die Schuld meiner Eltern, weil sie sie so erzogen hatten, dass sie so wenig Achtung vor den Eheschwüren und Verpflichtung hatte. Vor Liebe. Dass sie *uns* so aufgezogen hatten. Ich war immerhin im gleichen Haus großgezogen worden. Sicher, ich hatte niemanden betrogen – noch nicht – aber ich hatte den Großteil meines erwachsenen Lebens damit verbracht, vor

Verpflichtungen wegzulaufen, also war ich vielleicht kein Stück besser.

Vielleicht würde ich, wenn ich mich jemals verlieben würde, genauso enden wie der Rest meiner Familie. Kalt und verbittert.

Oder gefühllos. Jackie scherte sich nicht um Collins Gefühle. Sie scherte sich nicht um *ihn*.

Gott. Ich war genauso. Ich hatte One-Night-Stands und lief davon. Ich kümmerte mich nach dem Sonnenaufgang nicht mehr um den Kerl, mit dem ich zusammen war. Sogar mit Dash und Jackson, ich hatte in Minneapolis Spaß mit ihnen gehabt und war gegangen. Kein Auf Wiedersehen. Ich hatte mich nicht um sie oder ihre Gefühle gekümmerte.

Tief in mir hatte ich immer gewusst, dass das genau das war, was passieren würde und der Grund war, warum ich vor der Liebe floh. Ich würde lieber allein ein Leben ohne Liebe führen, als in einer unglücklichen Ehe gefangen zu sein. Oder als jemanden zu verletzen, so wie meine Eltern sich gegenseitig verletzten. Oder wie Jackie letztendlich Collin verletzen würde, wenn sie erst einmal seinen Ring trug.

Wut durchströmte mich heiß und brennend. Wut auf meine Eltern, dass sie uns dazu erzogen hatten, so zu sein. Wut auf Jackie, dass sie sich nicht genug um die Liebe kümmerte. Wut auf Tante Louise für ihren Teil in dem Verkupplungs-Komplott, das sie und ihre Freundinnen sich ausgedacht hatten. Ich meine, Handschellen?

Sie wusste, wie der Rest der Familie war und sollte besser als jeder andere wissen, dass ich nicht zu Liebe fähig war…nicht diese Art zumindest.

Ich fühlte eine tröstende Hand auf meiner Schulter und eine andere an meiner Taille, was mich erschreckte. Das Gefühl dieser warmen, intimen Berührungen ließ mir Tränen in die Augen treten. Ich blinzelte schnell und verfluchte den dämlichen Schwall an Emotionen. Niemand wollte *das* Mädchen sein, das in einer Bar heulte. Und ich war nicht einmal betrunken. Nein, ich war *zu* nüchtern.

„Willst du von hier verschwinden?", murmelte Jackson in mein Ohr. Er stand nah genug, dass ich ihn über den Lärm der Musikbox hören konnte.

Das Gefühl seines Barts riss mich aus meinen Gedanken. Ich nickte. „Ja, bitte."

Ich erlaubte ihnen, mich wegzuführen. Ich hätte mich von meiner Schwester verabschieden sollen, aber ich konnte mich einfach nicht dazu zwingen, ihr gegenüberzutreten. Sie hatte sowieso nur Interesse an dem Glatzkopf und außerdem würde ich sie beim Probeessen sehen. Vielleicht konnte ich mich dann dazu bringen, mit ihr zu sprechen, ohne meine Enttäuschung zu offenbaren.

Dash hielt mir meine Jacke hin und als ich sie anzog, öffnete er die Hintertür. Ein kalter Wind fegte durch die Straße und blies mir die Haare ins Gesicht. Während der Gehweg von Schnee befreit war, säumte er in Haufen den Straßenrand.

„Willst du nach Hause gehen?", fragte Dash, dem die Sorgen in sein ganzes hübsches Gesicht geschrieben stand.

Ich schüttelte schnell meinen Kopf, während ein Bild von meinen streitenden Eltern in mir den Wunsch weckte, wieder zu weinen. „Ich kann jetzt nicht dorthin zurückgehen."

Jackson schenkte mir ein kleines Lächeln und tippte mir auf die Nase. „Er meinte nicht das Haus deiner Eltern. Er meinte unseres."

„Oh." Ich dachte daran, wie sicher und zufrieden ich erst heute Morgen in ihrem Bett gewesen war. Und obwohl ich wusste, dass es falsch war, sagte ich: „Ja, das klingt toll."

# KAPITEL ZEHN

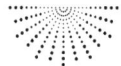

 ASH

ICH MACHTE mir während der gesamten Heimfahrt Sorgen um Avery. Das taten wir beide. Ich hatte ein Auge auf die Straße gerichtet und das andere dorthin, wo sie zwischen uns kuschelte. Ich erwischte Jackson dabei, wie er sie ebenfalls beobachtete, während er einen seiner Arme zum Trost fest um sie geschlungen hatte.

Wir hatten nicht alles gesehen oder gehört, dass sich zwischen Avery und ihrer Schwester abgespielt hatte, aber aufgrund der Nachwirkungen war es klar, dass es, was auch immer es war, sie wirklich erschüttert hatte. Sie wirkte abwesend, als sie mit einem ihrer Ringe spielte und ihn im Kreis drehte, während wir schweigend fuhren.

„Hungrig?", fragte Jackson, nachdem wir sie ins Haus geführt hatten.

Sie zuckte mit den Schultern und als er meinem Blick begegnete, zuckte ich ebenso mit den Schultern.

„Ich werde nur etwas Kleines herrichten." Er ging in die Küche und ich hörte, wie er Dinge aus dem Kühlschrank zog. Ich führte sie ins Wohnzimmer, zog etwas Holz aus dem Korb am Kamin und machte mich daran, ein Feuer zu entfachen.

„Dieses Zimmer ist nett", stellte sie fest.

Ich entzündete ein Streichholz, legte es unter ein wenig Kleinholz und beobachtete, wie es Feuer fing.

„Es ist so…", sie zuckte mit den Achseln, während sie mit der Hand über den Kaminsims fuhr, auf dem eine ganze Reihe gerahmter Familienfotos stand. Endlich beendete sie ihren Satz: „Es ist so gemütlich."

Ich lachte, stand auf und kratzte mich im Nacken. „Gemütlich, hm? Das schreit nicht gerade maskulin."

Auch wenn sie die Nacht hier verbracht hatte, hatten wir ihr nicht wirklich Gelegenheit gegeben, irgendetwas anderes als Jacksons Bett zu erkunden.

Sie neigte ihren Kopf mit einem Lachen zurück. Der Klang beruhigte meine Angst. Sie konnte sich nicht allzu schrecklich fühlen, wenn sie so lachen konnte.

„Bist du dir sicher, dass du nicht rustikal gemeint hast? Derb, vielleicht?", neckte ich.

Sie kam an meine Seite, schlang einen Arm um meine Taille und schaute zu mir, während sie ihre Haare hinters Ohr strich, weil es ihr ins Gesicht fiel. „Hmm. Nö, ich bleibe bei gemütlich."

Ich täuschte vor, beleidigt zu sein und sie drückte mich, während sie ihren Kopf auf eine Weise gegen meine Brust fallen ließ, die in mir die Sehnsucht weckte, sie möge für den nächsten Schritt bereit sein. Ich konnte es nicht erwarten, die Worte *Ich liebe dich* zu sagen und vielleicht sogar zu hören, wie sie sie erwiderte. Ich war ein Bridgewater Mann durch und durch und es zurückzuhalten, brachte mich um. Sie war Die Eine und ich war so verdammt froh, dass wir ihr am Flughafen über den Weg gelaufen waren.

„Gemütlich ist perfekt", sagte sie. „Dieses Haus fühlt sich wie ein richtiges Zuhause an."

Der Klang der Holzscheite, die in dem wachsenden Feuer knackten, war so gut und die Hitze an meinen Beinen fühlte sich…gemütlich an. Besonders mit Avery in meinen Armen. Vielleicht war es jetzt gemütlich, weil sie hier war.

Ich grinste, als ich sie auf den Kopf küsste. „Gut. Ich bin froh, dass es dir gefällt, da wir hoffen, dass du es auch irgendwann zu deinem Zuhause machen wirst."

Sie riss ihren Kopf zurück und ich unterdrückte einen Fluch über meine Dummheit. Ich hätte sie nicht weiter mit dem Thema bedrängen dürfen, nicht jetzt, da sie sich offensichtlich verletzlich fühlte und noch eher geneigt war, zu fliehen. Ja, sie war jemand, der schnell flüchtete, das war verdammt sicher.

Wir drehten uns bei dem Geräusch von Jacksons Grummeln, das aus dem Kücheneingang kam. „Vergiss, dass er das gesagt hat", befahl er. Sein ruhiger Charme kam gerade zur perfekten Zeit. Er hatte keine Snacks in der Hand, weshalb ich annehmen musste, dass er unser Gespräch gehört und sie liegengelassen hatte.

Ich konnte fühlen, wie sich Averys Körper entspannte, als er sich mit einem Grinsen auf uns zubewegte. „Wie du wahrscheinlich schon herausgefunden hast, ist Dash nicht gerade subtil." Er hielt lange genug inne, um mir einen warnenden Blick zuzuwerfen.

Okay, hab's kapiert.

Er wandte sich wieder an Avery.

„Außerdem ist es nicht so, als würden wir dich mit den Handschellen an unser Bett ketten oder so."

Der Sarkasmus brachte sie zum Lächeln.

„Heute Nacht geht es nicht darum, dich zu überzeugen, dass du auf lange Sicht mit uns zusammen bist. Wir wollen dir einfach nur zeigen, wie es mit uns zu Hause sein könnte. Eine nette, normale Nacht zu Hause."

Sie löste sich aus meiner Umarmung und verschränkte die Arme vor der Brust, während sie sich durch das Zimmer bewegte. Ich hätte gedacht, sie würde die Bilder und den kleinen Schnickschnack betrachten, wenn ich nicht ihr kurzes, humorloses Lachen gehört hätte. „Normal für wen? Nichts an diesem Haus ist normal in meiner Welt."

Jackson und ich zuckten beide zusammen.

„Die Party deiner Eltern gestern Abend?" Sie drehte sich, um uns mit hochgezogenen Augenbrauen anzuschauen. „Das war nicht normal." Sie begann, immer ärgerlicher zu werden, während sie hin und her lief. „Die liebende Familie, die mich mit offenen Armen in ihrem Zuhause willkommen geheißen hat? Nicht normal." Sie wirbelte herum, um uns ein weiteres Mal anzusehen, wobei sie wild zu Jackson, sich selbst und dann zu mir gestikulierte. „*Dies*...was auch immer dies ist...ist nicht normal. Ihr Jungs seid zu nett zu mir. Ihr erwartet Dinge von mir, als ob…"

Wir warteten darauf, dass sie ihre Schimpftirade beendete und als sie es nicht tat, bohrte Jackson nach. „Als ob was, Liebling?"

Ihre Augen hoben sich, um meinen zu begegnen und ich wich bei dem Schmerz, den ich in ihnen sah, zurück.

„Als ob ich fähig wäre, sie euch zu geben."

Da ging ich auf sie zu, zog sie in meine Arme und drückte sie wieder an mich. Ich würde einfach alles tun, um diesen Blick nicht noch einmal in ihrem Gesicht oder diesen Schmerz in ihren Augen sehen zu müssen. „Schatz, du hast mehr Liebe in deinem Herzen als jeder andere, den ich jemals gekannt habe."

Sie war steif an meiner Brust, aber ich hörte, wie sie

schniefte. Ich wusste, sie hörte zu und ich wusste, sie wollte mir glauben. Sie *wollte* Liebe, wollte all das, von dem sie gesagt hatte, es wäre nicht normal. Zur Hölle, sie wollte nur ein neues *Normal*. Es lag ihr direkt zu Füßen, sie musste es sich nur nehmen. Es wählen.

*Uns wählen.*

Jackson lief zu ihrer Seite und streichelte ihre Haare. „Du bist nicht wie deine Familie, Avery. *Wir* sind nicht wie sie." Er lachte kurz. „Zur Hölle, niemand sonst in Bridgewater ist wie sie. Du kannst dich dafür entscheiden, in einer Beziehung zu sein, die völlig anders ist als die deiner Eltern."

Sie schüttelte ihren Kopf an meiner Brust und ich hörte kaum, wie sie etwas darüber murmelte, dass ihre Schwester genauso war wie ihre Eltern. Jackson und ich tauschten einen Blick aus. Das war also, was sie durcheinandergebracht hatte.

„Du bist nicht wie deine Schwester, Schatz. Ich nehme an, der Kerl, mit dem sie zusammen war, war nicht ihr Verlobter?"

Sie schüttelte wieder ihren Kopf an meiner Brust.

Fuck. Es hatte kein Zweifel daran bestanden, was diese zwei nach ein paar Drinks tun würden. Ich seufzte.

„Du magst vielleicht nicht in der Lage sein, deine Schwester davon abzuhalten, in die Fußstapfen deiner Eltern zu treten, aber das bedeutet nicht, dass es dir vorherbestimmt ist, das Gleiche zu tun."

Ich liebte es, sie in meinen Armen zu haben, liebte ihre Weichheit und Wärme, aber sie war so stark und unabhängig. Ich war hin und hergerissen zwischen der Begeisterung, dass sie bei uns beiden nach Trost suchte und der Trauer, dass diese Sache sie genug aufregte, um ihn anzunehmen.

„Du bist für mehr als das bestimmt", verkündete Jackson fest.

Sie löste sich wieder von mir, dieses Mal allerdings langsam. Sie schaute zwischen uns hin und her, aber sie rannte nicht davon.

„Woher wisst ihr das?" Aufrichtige Verwirrung lag in ihren Augen, während sie noch einen Schritt zurücktrat. „Ich verstehe es nicht. Warum wollt ihr Jungs mich? Soviel ihr wisst, könnte ich genauso wie sie sein, gleichgültig gegenüber Beziehungen und unfähig mich zu binden und – "

Ich unterbrach sie mit einem Kuss. „Du bist nichts von diesen Dingen."

„Aber woher wisst ihr das?", beharrte sie weiter auf ihrer Frage. „Ich bin in Minneapolis vor euch weggerannt, genauso wie Jackie es morgen mit diesem Biker Typen machen wird. Ich war nie in einer richtigen Beziehung. Ich wüsste nicht einmal, wie man das macht. Soviel ich weiß, werde ich genauso wie sie sein und – "

„Gehst du im Moment mit irgendjemand anderem als uns aus?", unterbrach Jackson sie.

Sie starrte ihn für eine Sekunde an, bevor sie die Augen verdrehte. „Natürlich nicht." Dann formte sich ihr Mund allmählich zu einem Lächeln. „Wann würde ich dazu Zeit haben? Ich bin entweder mit euch zusammen oder erhole mich von dem, was wir zusammen getan haben."

Jackson grinste. „Und du hast gerade gesagt, dass du noch nie zuvor in einer richtigen Beziehung warst, richtig?"

Sie nickte.

„Also, warum solltest du nicht in der Lage sein, dich zu binden?" Jackson machte einen Schritt auf sie zu und ich schlang von hinten meine Arme um sie.

Ich machte da weiter, wo er aufgehört hatte. „In der Lage zu sein, sich zu binden, ist kein erbliches Gen", erklärte ich. „Es ist eine Entscheidung. Du kannst entscheiden, ob du wie sie sein möchtest oder ob du diese Erfahrung als Richtlinie dafür verwenden möchtest, was du in einer Beziehung *nicht* willst. Du könntest von ihnen lernen und andere Entscheidungen treffen. Bessere Entscheidungen. Außerdem ist es einfach, sich zu binden, wenn es mit der richtigen Person geschieht."

Jackson nickte zustimmend. Er stand direkt vor unserem Mädel, seine Hände umfassten ihre Wangen. „Wenn Dash und ich dich sehen, sehen wir dein großes Herz. Wir hegen keinerlei Zweifel daran, dass du die loyalste und liebevollste Ehefrau und Mutter sein würdest, die sich zwei Männer jemals wünschen könnten."

Ich konnte nicht anders als zu lachen. Ich beugte mich zu Avery und flüsterte ihr ins Ohr, laut genug, damit Jackson es hören konnte: „Ich würde gerne festhalten, dass es Jackson war, der heute Abend Ehe und Kinder erwähnt hat. Nicht ich."

Sie kicherte und ich liebte dieses Geräusch. „Zur Kenntnis genommen."

Jackson täuschte ein finsteres Gesicht vor, aber ich wusste, er war genauso glücklich wie ich, sie wieder lachen zu hören.

Ich fühlte, wie sich ihr Rücken ausdehnte und zusammenzog, als sie tief Luft holte. „Ihr denkt wirklich, dass ich fähig bin, eine Beziehung einzugehen, hm? Und ihr seid gewillt, darauf zu wetten?"

„Schatz, wir würden jeden Tag der Woche unser Geld auf dich setzen."

Sie drückte dankbar meinen Unterarm, der um ihre Taille lag.

„Es ist deine Entscheidung, Liebling", ergänzte Jackson. „Wir hoffen einfach, dass du dich dafür entscheidest, mit uns zusammen zu sein."

Ihr Schweigen dauerte so lange an, dass ich anfing, mir Sorgen zu machen, dass wir sie zu sehr gedrängt hatten. Ich wäre nicht überrascht gewesen, wenn sie gesagt hätte, sie bräuchte heute Nacht Zeit für sich. Aber stattdessen war ihr Ton leise und sexy, als sie sich halb drehte, so dass sie uns beide anschaute. „Handschellen werden nicht gebraucht?"

Das ganze Blut in meinem Körper floss direkt zu meinem Penis.

„Handschellen werden nicht gebraucht", bestätigte ich. „*Wenn* du ein braves Mädchen bist."

„Was bekomme ich, wenn ich brav bin?", wollte sie wissen.

„Wie wäre es mit einem größeren Analstöpsel und gutem Sex?", fragte Jackson.

„Und wenn ich böse bin?"

Sie war eine Femme Fatale. Anstatt zu antworten, beugte ich mich nach unten und warf sie über meine Schulter. Jackson trat aus dem Weg, damit er nicht umgeworfen wurde. Sie lachte den ganzen Weg die Treppen hoch, während Jackson so tat, als würde er uns verfolgen. Ich gab ihr einen Klaps auf ihren Jeans bedeckten Hintern und wusste, ihr würde gefallen, was auch immer wir mit ihr tun würden, böses Mädchen hin oder her.

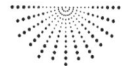

 VERY

AUCH WENN ICH auf der Hochzeitsfeier meiner Schwester an meinem Glas billigen Wein nippte, hätte ich es vorgezogen, an jedem anderen Ort als diesem zu sein. Im Bett mit meinen Männern war die attraktivste Option und eine, die meinen Slip feucht werden ließ.

Ja, ich war verrückt, dass ich sie in Gedanken als *meine* Männer bezeichnete.

Sie waren hier, irgendwo, aber ich hatte sie zurücklassen müssen, um loszugehen und die lächerlichen Familienfotos zu machen. Ich hatte meinen Eltern erzählt, dass ich sie als meine Verabredungen mitbringen würde und keiner von ihnen hatte einen Grund, es mir zu verweigern oder darüber zu streiten. Sie hatten schließlich gewollt, dass ich mit einem netten Bridgewater Mann ausgehe und ich gab ihnen zwei. Solange ich nicht am Morgen in den selben Klamotten vom Vortag durch die Tür lief, schienen sie mich deswegen nicht zu nerven.

Sogar der Fotograf wirkte deprimiert über die Art, wie sich meine Eltern verhielten. Sie standen streitend und zankend da, bis der Fotograf „Cheese" sagte und dann brachen sie für die Kamera in vorgetäuschtes Lächeln aus. Meine Schwester und Collin täuschten es ebenfalls vor, obgleich in einem geringeren Ausmaß. Eine leise Spitze hier, ein nicht so leiser, ärgerlicher Seufzer dort. Wieder und wieder. In einem nicht enden wollenden Kreislauf.

Die Brüder des Bräutigams und ich standen an der Seitenlinie, traten nur ins Bild, wenn der Fotograf uns herbeiwinkte, aber wurden im Großen und Ganzen ignoriert. Was bedeutete, dass ich nichts anderes zu tun hatte, als herumzustehen und meine Familie in all ihrer dysfunktionalen Pracht zu beobachten.

Ich schüttelte meinen Kopf und erinnerte mich daran, was die Jungs darüber gesagt hatten, dass ich wählen konnte, anders zu sein. Ich musste es nicht zulassen, dass mich die vergiftete Beziehung meiner Eltern definierte. Ich konnte ein anderes Muster wählen und die Männer, mit denen ich zusammen sein wollte, respektieren. Sie als Menschen mögen. Als Freunde. Sogar als Liebhaber. Ich konnte sie *lieben*.

Es war eine Entscheidung. Anstatt in meinen Stöckelschuhen dazustehen, die anfingen an meinen Zehen zu drücken, und mich über die ärgerliche Art meiner Familie aufzuregen, versuchte ich dankbar für das zu sein, was ich hatte.

Die Hochzeitstorte war überraschend gut gewesen. Meine Tante Louise war eine exzellente Komplizin beim gestrigen Probeessen gewesen. Mir war nicht erlaubt worden, eine Begleitung mitzubringen, ganz zu schweigen von zweien – die Reservierungen waren vor langer Zeit gemacht worden – also waren Dash und Jackson nicht an meiner Seite gewesen, um mir Gesellschaft zu leisten. Ich hatte jedoch meine Tante auf meiner Seite gehabt, die die inoffizielle Rolle der Jungs als Puffer zwischen mir und meiner Familie eingenommen hatte. Tante Louise war klasse gewesen und es hatte uns eine gute Möglichkeit gegeben, uns gegenseitig aufs Laufende zu bringen.

Natürlich hatte meine hartnäckige Tante den Großteil unserer gemeinsamen Zeit damit verbracht, zu versuchen, mir Details darüber, was mit Jackson, Dash und den Handschellen passiert war, zu entlocken – was ich ihr verweigert hatte – aber es war dennoch lustig gewesen.

Ich hätte Geld gezahlt, um sie jetzt an meiner Seit zu haben, um mich von dem Fotoshooting direkt aus der Hölle abzulenken. Ich erwischte meine Schwester dabei, wie sie einem Typen, den ich nicht kannte und der keinesfalls ihr Ehemann war, durch den Raum hinweg schöne Augen machte. Es war ihr Hochzeitstag, Himmelherrgott nochmal, was war nur los mit diesen Leuten?

Ich nahm einen großen Schluck von meinem Wein und versuchte, mich wieder auf das Positive zu konzentrieren. Der DJ war nicht komplett schrecklich und spielte auch andere Musik als nur die Lieblingsmusik meiner Schwester – Country. Und das allerbeste war, dass ich ein paar Leute getroffen hatte, die mich wegen meinem Schreiben angesprochen hatten.

Es schien, dass Rory und Cooper von der Wray Weihnachtsfeier mit einigen ihrer Freunde gesprochen hatten, die eine örtliche Gästeranch betreiben. Ich hatte von Hawk's Landing gehört, war dort aber nie untergekommen. Ich wusste allerdings, wo sie stand und die Lage war perfekt für einen Urlaub. Anscheinend hatten die Helikopterpiloten mich über den grünen Klee gelobt, denn die Besitzer, Ethan und Matt, waren sehr begierig zu hören, wie ich ihre Ranch in einem bevorstehenden Artikel hervorheben könnte.

Hier in Montana wurden die Männer sehr groß, denn das Duo war so groß wie Dash und Jackson. Ihre Frau, Rachel, stand zwischen ihnen und da sie nur bis zu ihren Schultern reichte, hob sie deren Größe nur noch hervor. Sie war offenkundig schwanger und total süß in ihrem Samtkleid mit Empire-Taille.

Rachel hatte die Artikel vor ein paar anderen in der Tourismusindustrie erwähnt – sie war die Büroleiterin der Gästeranch – und hatte angefangen Ideen für ein Magazin zu sammeln, das sie nur Montana Reisen widmen würde. Sie schienen alle zu denken, dass es einen Markt dafür gäbe und die Idee war gut angekommen und begann zu wachsen. Sogar jetzt, mit der Lächerlichkeit meiner Familie direkt vor mir, fühlte ich diesen Adrenalinrausch, der jedes Mal mit einer neuen Artikelidee einherging. Und ich musste dafür nicht nach Brasilien oder Mexiko oder sogar Thailand gehen. Sie kam auf Jackies Hochzeitsfeier zu mir.

*Konzentrier dich darauf*, sagte ich mir selbst. Auf all die Artikel, die über diesen wundervollen Staat und seine faszinierenden Menschen geschrieben werden könnten.

Aber kaum hatte ich angefangen, Ideen zu sammeln, entbrach ein ausgewachsener Krieg zwischen meiner Mutter und Vater, der die Brüder des Bräutigams verjagte. Meine Schwester und Collin mischten sich ein, wobei sich Jackie auf die Seite meines Vaters stellte und Collin auf die meiner Mutter. Über was? Es war schwer zu sagen. Nach dem Lautstärkepegel zu urteilen, hätte man meinen können, dass meine Mutter meinen Vater gerade des Mordes bezichtigt hatte. Aber als ihre Worte erst einmal anfingen, zu mir durchzudringen, wurde deutlich, dass dieser Kampf damit zu tun hatte, wie viel Alkohol getrunken worden war.

Mein Blut kochte wegen ihrer Unhöflichkeit und es war mir wirklich peinlich, dass ich mit ihnen verwandt war. Ich bekämpfte den Drang, mich ebenfalls in den Streit einzumischen, um die Szene, die sie verursachten, zu beenden. Ich hätte es vielleicht getan, aber meine Männer kamen zu mir und retteten den Tag. Die Hochzeit? Nicht zu retten.

„Komm schon, Schatz", sagte Dash, während er einen Arm um meine Taille schlang und mich von dem Gezanke wegführte. „Das ist nicht dein Problem."

Jackson lief neben uns und sein Lächeln lenkte mich bereits von meinem Ärger ab. „Wir haben dich vermisst, Liebling. Wir haben darauf gewartet, dass du deine Arbeitsgespräche beendest, damit wir dich auf die Tanzfläche führen können."

Ein wenig meiner Spannung verflog, als sich die Männer um mich kümmerten. Ich war in diesem Chaos nicht allein. Und meine Familie? Die konnte ohne mich unglücklich sein.

„Ich weiß nicht, ob ich schon fürs Tanzen bereit bin." Ich hielt mein fast leeres Weinglas hoch, hob meinen Fuß in die Luft und wackelte mit dem Knöchel. „Meine Füße bringen mich um. Vielleicht zuerst noch einen Drink, um mich etwas zu benebeln und meine Zehen zu betäuben."

Jackson beugte sich nah zu mir und grinste mich anzüglich an. „Ich weiß einen besseren Weg, um deine Zehen zu betäuben." Er und Dash tauschten einen Blick aus, während er mit seinem Kopf in Richtung des Flurs ruckte, der von dem großen Eingangsbereich abzweigte und von der Feier wegführte.

Dash änderte sofort seinen Weg in Richtung der Toiletten und des Garderobenschranks.

Jackson lief uns voraus und schaute sich verstohlen um, als wären wir Spione in einem Spionagefilm. Ich kicherte über ihre Lächerlichkeit. „Wohin bringt ihr Jungs mich?"

Jackson nickte Dash zu und ehe ich wusste, wie mir geschah, wurde ich in seine Arme gehoben – mit dem abscheulichen Brautjungfernkleid und allem – und in den Garderobenschrank des Hotels getragen. „Was zum – "

„Schh", murmelte Jackson.

Dash stellte mich endlich auf die Füße und ich wurde in dem engen Raum zwischen die zwei gepresst. Die Jacken der Hochzeitgäste füllten reihenweise den Schrank. Er packte meine Hand, zog mich hinter die letzte Reihe und in die hinterste Ecke, wo wir nicht gesehen werden konnten, nicht dass irgendjemand in der Nähe wäre.

„Du musst dich eindeutig entspannen", erklärte Jackson und seine Hände hoben sich, um meine Schultern zu massieren, während seine Lippen über meinen Hals wanderten. Sein Bart kratzte über meine Haut und ich erschauderte.

Dashs Grinsen war spitzbübisch, als er vor mir auf die Knie fiel. „Du willst, dass deine Zehen taub werden, Schatz? Ich werde sie betäuben. Aber du musst still bleiben. Dein Vergnügen ist nur für unsere Augen und Ohren bestimmt."

Ich hörte Jacksons sanftes Glucksen, als ich ungläubig aufkeuchte, während Dashs Hände mein hässliches Seealgenkleid immer höher über meine Schenkel schoben. Sie würden nicht. Sie konnten nicht –

Dash hatte das Kleid innerhalb von Sekunden um meine Hüften gerafft.

Oh ja, sie konnten.

Dashs Blick wurde glühend, als er meine Kniestrümpfe, die fast bis zu meinen Schenkeln reichten, und mein schwarzes Spitzenhöschen musterte. „Halte das Kleid für mich hoch", befahl er, wobei sich seine dunklen

Augen nie von meiner Mitte abwendeten. „Senke es nicht oder du wirst nicht zum Höhepunkt kommen, bis wir dich nach Hause bringen."

Ich wimmerte bei dem Gedanken, aber als ich das Kleid für ihn hielt und seine Finger über den Rand des Strumpfes glitten, um diese Stelle empfindlicher Haut zu berühren, knurrte er.

Gott sei Dank hatte ich mich mit der Absicht, flachgelegt zu werden, angezogen. Diese kleine Episode würde nur halb so sexy sein, wenn ich Spanx tragen würde.

Aber so wie die Dinge standen, wurde ich von seinem Anblick, in dem schwarzen Anzug und wie er vor mir kniete mit seinen großen, starken Händen auf meinem delikaten Dessous, angetörnt. In einer fließenden Bewegung zog er das Höschen bis zu meinen Knien und ließ mich voller Vorfreude aufstöhnen.

Jackson gelang es während seiner Schultermassage, das Oberteil meines Kleides bis zu meiner Taille zu schieben und jetzt umfassten seine Hände meine Brüste, zwickten meine Nippel gerade, als Dash sich nach vorne beugte und seinen Mund über meiner Muschi schloss.

Oh, heilige Scheiße! Ich schrie auf und dann presste ich meinen Mund zusammen. Ich war eine Schreierin. Sie wussten das und ich war dankbar für die Menge an Mänteln und Jacken, die meine Geräusche dämpften.

„Jemand von der Hochzeitsfeier könnte jeden Moment hierherkommen und uns finden", sagte Jackson, sein Atem strich über meinen Hals. Die Gefahr dessen brachte mich fast zum Höhepunkt – oder es hätten auch Dashs Zunge und zauberhafte Finger sein können.

Mein Kopf fiel zurück auf Jacksons Schulter, als Dash an meiner Klitoris leckte.

„Ich werde kommen", keuchte ich.

„Braves Mädchen", lobte Jackson, während Dashs freie Hand meinen Hintern packte und mich noch näher an ihn zog. Als Dash seinen Mund auf meine Pussy legte, drückte Jackson seinen Mund auf meinen und schluckte meine Lustschreie. Und als Dash tief in mir seinen Finger krümmte und gegen meinen G-Punkt drückte, dämpfte Jackson meinen Erlösungsschrei. Der Duft meiner Erregung füllte die hintere Ecke des Garderobenschranks. Ich war verschwitzt und heiß, mein Atem kam in kurzen Stößen. Ich fühlte mich so gut. So befriedigt und entspannt. Sie konnten mich zu jeder Zeit, in der sie wollten, wegschleppen und das mit mir tun.

Als ich meine Augen öffnete, erhob sich Dash auf seine Füße und benutzte die Rückseite seiner Hand, um über seinen Mund zu wischen.

Ich grinste ihn an und zog das Oberteil meines Kleides hoch. „Du hattest recht. Das war so viel besser als Wein. Ich bin völlig betrunken von euren Orgasmen."

„Kannst du deine Zehen spüren?", fragte Dash.

Ich schüttelte meinen Kopf.

Er zwinkerte. „Dann hab ich es richtig gemacht."

Es richtig gemacht? Wenn er es noch mehr richtig gemacht hätte, wäre ich jetzt bewusstlos.

„Mmm", stimmte ich zu, während ich meine vorher angespannten Muskeln dehnte, die jetzt schlaff und entspannt waren. Und meine Familienprobleme? Welche Familie? „Das war genau das, was ich gebraucht habe."

Jackson küsste mich auf die Schulter. „Liebling, wir werden dir immer geben, was du brauchst."

„Aber was ist mit euch?" Ich schaute zu ihnen in ihren sauberen Anzügen und mit ihren ordentlich gekämmten Haaren. Jacksons Bart sah gepflegt aus und ich sehnte mich danach, die beiden in die Finger zu bekommen und richtig zu verstrubbeln. Sie nackt vor mir zu haben und vielleicht an ihren Schwänzen zu saugen. Mir lief allein bei der Vorstellung das Wasser im Mund zusammen.

„Wenn ich erst einmal in dich eindringe, werde ich

nicht mehr gehen wollen. Später." Jack richtete seinen Penis in seiner Hose neu. „Bleib bei der Feier, so lange du musst. Aber lass dir eins sagen, Liebling, sobald wir dich zu unserem Haus zurückbringen, haben wir Pläne."

Dash beäugte mich lüstern. „Jede Menge Pläne."

## KAPITEL ZWÖLF

VERY

Zwei Tage später befand ich mich allein in meinem
Kinderzimmer, wo ich die versaute Hochzeitsepisode in
Gedanken noch einmal durchlebte. Ich war eine weltliche
Frau, aber in einem öffentlichen Garderobenschrank
während der Hochzeit meiner Schwester oral befriedigt
zu werden? Das war neu.

Aber es war nicht das letzte Mal gewesen. In den
letzten achtundvierzig Stunden war ich auf mehr Arten
gefickt worden, als ich zählen konnte, jedes einzelne Mal
war noch besser als das vorherige. Vielleicht waren Dash
und Jackson genauso wenig gewillt gewesen, über meine
bevorstehende Abreise zu sprechen, denn wir hatten es
geschafft, das Thema vollständig zu vermeiden.

Genau genommen bis heute Morgen, als sie mich am
Haus meiner Eltern abgesetzt hatten. Ich hatte mit
meinen Eltern ein sehr unangenehmes Abschiedsfrüh-

stück gehabt, bevor sie zur Arbeit fuhren, aber nach dem Vorfall bei der Feier und der Tatsache, dass ich meine Zeit seitdem mit Jackson und Dash verbracht hatte, war das zu erwarten gewesen. Nachdem sie gegangen waren, ging ich in mein Kinderzimmer, um zu packen. Ich ließ das hässliche Brautjungfernkleid an der Rückseite meiner Tür hängend zurück. Das brauchte ich nicht in Brasilien. Oder sonst irgendwo. Obwohl ich algengrünen Satin nie mehr wieder auf die gleiche Weise betrachten würde.

Jackson und Dash hatten angeboten herzukommen und mir Gesellschaft zu leisten, während ich packte, aber ich hatte es abgelehnt. Zu gehen, würde, dank ihnen, schwer genug werden. Es hinauszuzögern, würde mich umbringen.

Ich weigerte mich über die Tatsache zu weinen, dass ich Bridgewater verließ. Das war, wer ich war. Dies war, was ich tat. Gehen.

Und meine Männer verstanden das. Sie hatten mich nicht unter Druck gesetzt, ihnen ein Datum zu nennen, an dem ich zurückkehrte. Sie hatten mir nur eine lange Nacht multipler Orgasmen geschenkt und mich dann, ohne eine Szene zu machen, hier abgeliefert.

*Wir werden dir immer geben, was du brauchst.*

Jackson hatte so was von recht behalten. Sie hatten mir bei der Hochzeit die Erleichterung verschafft, die ich gebraucht hatte und seit jenem Abend hatten sie mir das unbekümmerte Liebemachen gegeben, das ich brauchte, um diesen Trip in guter Stimmung zu beenden. Und eine wundervoll wunde Muschi – und Hintern.

Und im Gegenzug hatten sie keine Forderungen gestellt – außer, dass ich vor ihnen in die Knie ging und ihnen einen blies oder mich über das Bett beugte, um einen weiteren Stöpsel aufzunehmen – oder mich dazu gedrängt, eine Verpflichtung einzugehen, für die ich noch nicht bereit war. Sie waren fast zu gut, um wahr zu sein.

Aber all das hatte sich um Sex gedreht. Ja, sie hatten riesige Penisse und wussten, wie man sie verwendete. Zu sagen, dass sie mich für alle anderen Männer ruiniert hatten, war wahrscheinlich wahr. Aber sie hatten mich nicht nur allein durch ihren Sex ruiniert. Nein, sie waren einfach tolle Männer. Nett. Witzig. Klug. So viel mehr. Die Liste der Adjektive war endlos. Die Art, wie sie mit Jacksons Familie umgingen, zeigte mir, dass sie sich gegenseitig respektierten. Sie benutzten oder verspotteten oder stritten nicht, um andere unglücklich zu machen. Sie hatten mir gezeigt, dass meine Eltern nicht die Norm waren. Zur Hölle, sie waren so verdammt abnormal.

Ich würde *alles* an Dash und Jackson vermissen. Gott, ich würde diese verflixten Jungs vermissen. Und mit ihnen zu kuscheln. Und sie zum Lachen zu bringen. Und mich von ihnen verwöhnen zu lassen. Ihre Geschichten über ihre Patienten zu hören, egal ob es ein Albino Pferd oder ein Frettchen war. Ich war noch nicht einmal gegangen und meine Brust schmerzte bereits. Es tat genau um mein Herz herum weh.

Ich seufzte, als ich ein weiteres T-Shirt in die Tasche warf. Okay, es war Zeit, den Dingen ins Auge zu blicken. Ich würde sie vermissen, Punkt.

Aber ich würde zurückkommen. Ich war nur nicht in der Lage gewesen, ihnen zu sagen, wann. Sie hatten mich nicht um irgendeine Art Verpflichtung gebeten. Das war ein Gespräch, das wir an einem anderen Tag führen konnten…wie zum Beispiel das nächste Mal, wenn ich zurück in Bridgewater war.

Mein Flug würde in wenigen Stunden nach Atlanta abfliegen und von dort nach Rio. Wenn ich dort war, würde ich mich außerhalb der Reichweite jeglicher Technik befinden, da ich Nachforschungen über die Ureinwohner des Amazonas anstellen würde. Ich hatte mich nicht darum gekümmert, einen Rückflug zu buchen, da ich nicht sagen konnte, wie lange mein Auftrag dauern würde.

Reiseunterbringungen hatten im Amazonas die Tendenz unzuverlässig zu sein.

Ich dachte zurück an die Art, wie ich heute Morgen aufgewacht war – eingekuschelt zwischen den zweien, wobei ich mich sicherer und geliebter gefühlt hatte, als ich es jemals für möglich gehalten hatte.

Ein Mädchen konnte sich daran gewöhnen. Ich *wollte* das. Mit ihnen.

Also ja, ich wusste, was ich wollte, aber für wie lange? War ich wirklich bereit, zu sagen, dass ich ein für immer mit ihnen wollte? Was würde das überhaupt bedeuten? Zwischen Aufträgen mit ihnen zusammen zu leben und sie von der Straße aus anzurufen? Irgendwie konnte ich nicht sehen, wie das auf lange Sicht funktionieren sollte. Könnten Dash und Jackson wirklich glücklich sein, wenn ich alle paar Wochen zu einem anderen Kontinent flitzte? Sie hatten behauptet, sie würden damit fertigwerden, aber ich würde sie nicht in einer Situation gefangen halten wollen, in der sie unglücklich waren. Sie verdienten eine Frau, die für sie da sein konnte. Sie verdienten eine Frau, die jede Nacht in ihrem Bett war. Jemanden, der sie so sehr verwöhnte, wie sie sie verwöhnten.

Sie waren Bridgewater Männer, sie hatten keine zwanglosen Beziehungen. Sie waren ernst und so verdammt sicher über ihre Gefühle. Über mich. Uns.

Sie verdienten das Gleiche von der Frau, mit der sie am Ende zusammen sein würden.

Ich schloss den Reißverschluss meines Koffers und versuchte, nicht länger über das unangenehme, dumpfe Gefühl, das sich in meinem Bauch ausbreitete, nachzudenken. Ich lief davon.

Nein. Ich machte meinen Job.

Ich lief davon, weil es *nur* ein Job war.

Mein Handy klingelte und unterbrach den inneren Kampf, der mich schon den ganzen Morgen verrückt gemacht hatte. Tante Louise rief wahrscheinlich an, um sich zu verabschieden. Nun auf *sie* konnte ich mich verlassen, dass sie Schuldgefühle in mir wecken würde, was Dash und Jackson nicht getan hatten.

„Hi, Tante Louise", begrüßte ich sie.

„Oh, Avery, Schatz, ich bin froh, dass ich dich rechtzeitig erwischt habe." Ihre Stimme klang angestrengt und ich hörte auf, meine Habseligkeiten einzupacken.

„Ist alles in Ordnung?", fragte ich.

„Gut, gut", sagte sie, aber klang abgelenkt. Dann machte sie ein zischendes Geräusch und das Telefon klang dumpf. „Oh, es ist meine Brust", hörte ich sie sagen. „Sie fühlt sich eng an. Ich denke…es könnte… mein Herz sein."

Panik ergriff mich. Mein eigenes Herz sprang mir in die Kehle, als ich aus meinem Zimmer rannte und durch den Flur. „Oh mein Gott, sollte ich 9-1-1 anrufen?"

Ihre Stimme klang erschreckend schwach. „Sag es einfach Bev. Sie weiß, was zu tun ist."

Beverly. Jacksons Mutter? Natürlich, sie war Louises beste Freundin. Adrenalin setzte ein und Angst mich in Bewegung. „Bist du zu Hause?"

„Ja, meine Liebe."

„Bleib dort, Tante Louise. Ich komme."

Ich hatte Beverlys Nummer nicht, also schickte ich Jackson mit ungeschickten Fingern eine SMS, während ich zu meinem Mietwagen eilte. Ich erzählte ihm, dass er seine Mutter wegen Tante Louise anrufen sollte. Er schrieb sofort zurück, dass er es gerade erledigte.

Auf dem Weg zu ihrem Haus, wanderten meine Gedanken zu einem dunklen Ort. Was, wenn sie einen Herzinfarkt hatte? Während mein Hirn raste, aktivierte ich das Bluetooth des Autos und rief meine Eltern und

Schwester an. Niemand nahm ab – sie waren sehr wahrscheinlich bei der Arbeit – also hinterließ ich ihnen Sprachnachrichten. Ich fragte mich immer noch, ob ich die Rettungssanitäter hätte anrufen sollen, als ich in Tante Louises Einfahrt fuhr.

Die Tür war nicht abgeschlossen und ich eilte nach innen, um sie auf dem Sofa sitzend und eine Tasse Tee trinkend vorzufinden. Sie wirkte im Allgemeinen viel zu glücklich. Und gesund.

„Tante Louise, geht es dir gut?", fragte ich zwischen keuchenden Atemzügen.

„Mir geht's gut, meine Liebe." Sie zeigte nicht die kranke Blässe einer Person, die einen Herzinfarkt hatte. Sie schwitzte nicht oder atmete schwer. Ihre Lippen waren nicht blau oder vor Schmerzen zusammengepresst.

Ich starrte sie für einen Moment an, während sich meine Herzfrequenz wieder zu einem normalen Tempo verlangsamte. Es schien, ich könnte diejenige mit den Herzproblemen sein. „Was war das am Telefon? Ich dachte, du hast einen Herzinfarkt!"

Sie tätschelte neben sich auf das Sofa und ich setzte mich schwer hin, öffnete meinen Mantel und zog meine Mütze aus. „Muss nur Sodbrennen von den scharfen Barbecue-Überresten gewesen sein. Ich hätte sie nicht zum Frühstück essen sollen. Es tut mir leid, dass ich dir Sorgen gemacht habe."

Aber es tat ihr nicht leid, ganz und gar nicht. Ich erkannte das Funkeln in ihren Augen. Es war das Gleiche, das ich auf der Weihnachtsparty gesehen hatte, als sie und ihre Freundinnen einen Komplott geschmiedet hatten, um mich und die Jungs dazu zu bringen, zuzugeben, dass wir zusammen waren.

Nein, sie würde nicht…

Tatsächlich erklang in diesem Moment ein Klopfen an der Tür. Dort vor der Haustür standen meine persönlichen Ritter in schimmernder Rüstung. Sie schlugen die Tür hinter sich zu und eilten zu uns. Dash trug seinen weißen Tierarztkittel und Jackson hatte sein Namensschild noch an sein Hemd geheftet. Es war offenkundig, dass sie aus der Tierklinik gerannt waren, um zu Tante Louise zu kommen.

Scheiße, sie sahen gut aus, wenn sie sich heldenhaft verhielten. Dash kniete vor Tante Louise und ergriff ihr Handgelenk, um ihren Puls zu kontrollieren, während mich Jackson an den Armen packte. „Was können wir tun, um zu helfen?"

„Lasst mich raten", sagte ich zu ihnen. „Deine Mutter hat euch Jungs hierhergeschickt?"

Sie schauten mich an und ließen dann einen abschätzenden Blick über Tante Louise gleiten. Dash verzog das Gesicht, nachdem er ihr Handgelenk losgelassen hatte. Jackson stöhnte. „Keine Brustschmerzen?"

Ich fügte meinen finsteren Blick ihren hinzu, aber Tante Louise schenkte uns im Gegenzug nur ein strahlendes, allzu unschuldiges Lächeln.

„Ernsthaft, Tante Louise? Haben du und Beverly wirklich gedacht, ihr könnt mich dazu bringen, hierzubleiben, indem ihr einen medizinischen Notfall vortäuscht?"

Sie zuckte mit den Achseln. „Ich habe nichts vorgetäuscht." Sie tätschelte ihre Brust und sagte: „Und jetzt, wenn ihr mich entschuldigt, werde ich besser ein Mittel gegen mein Sodbrennen nehmen."

Es wäre ihr vielleicht gelungen, jemanden mit dieser kleinen Showeinlage hinters Licht zu führen, wenn sie auf ihrem Weg nach draußen nicht angehalten hätte, um Jackson zuzuflüstern: „Das ist das zweite Mal, dass wir eingegriffen haben, um zu helfen. Ich erwarte, dass ihr Jungs von hier an übernehmen könnt."

Er ließ seinen Kopf in seine Hände fallen, als sie aus

dem Raum ging. „Ich kann nicht glauben, dass wir darauf reingefallen sind."

„Ernsthaft", sagte Dash und ließ sich auf dem Sofa nieder, das Tante Louise gerade verlassen hatte. „Anderseits hatte ich nicht erwartet, dass deine Mutter und ihre Freundinnen es zu diesem Extrem treiben würden. Was wollten sie damit überhaupt beweisen?"

Ich war genauso wütend wie sie, wenn nicht noch mehr. Ich war auf der Autofahrt zum Haus meiner Tante wahrscheinlich um zehn Jahre gealtert. Aber ich wusste genau, was sie beweisen wollten.

Tante Louise und ihre Freundinnen wollten, dass ich erkannte, dass Dash und Jackson immer für mich da sein würden. Dass sie zu mir rennen würden, wann immer ich sie brauchte, genauso wie ich es für Tante Louise getan hatte. Dass es nicht nur um Sex ging. Dies war so viel mehr. Meine Kehle zog sich bei dem Gedanken an diese Art der Loyalität zusammen – bei der Art der Verpflichtung, die sie im Gegenzug verlangte.

Ich hatte nicht nachgedacht, als Tante Louise mich angerufen hatte. Ich mochte sie, machte mir Sorgen um sie und hatte auf meinem Weg jedes Gesetz gebrochen, weil ich alles andere als sie vergessen hatte.

„Es tut uns leid", entschuldigte sich Jackson, während er sich auf meine andere Seite setzte, mich an sich zog und seinen Arm um meine Schulter legte.

„Warum tut es euch leid?", fragte ich und lehnte mich in seine Berührung. Er fühlte sich so gut an. Groß und stark. Gott, sie rochen so gut.

Da wusste ich, dass er für mich da gewesen wäre, wenn mit Tante Louise wirklich etwas nicht gestimmt hätte. Er hätte mir geholfen, es zu überstehen. Dash ebenso.

„Ihr habt nichts Falsches getan."

Er schüttelte seinen Kopf. „Wir haben versprochen,

dass dich niemand dazu drängen würde, hierzubleiben. Ich weiß nicht, was sie sich gedacht haben, aber als ich – "

Ich schnitt ihm das Wort mit einem Kuss ab. Ich überraschte mich selbst damit, aber es war richtig. Und es fühlte sich so gut an. Ich wusste genau, was sie mir hatten beweisen wollen, aber es war etwas, das ich bereits gewusst hatte. Tante Louise und Mrs. Wray und der Rest von ihnen musste mir nicht die Augen öffnen, damit ich erkannte, wie wundervoll diese Männer waren.

Ich wusste es bereits.

Wenn überhaupt bewirkte ihre kleine Lektion das Gegenteil, denn in diesem Moment war alles, an das ich denken konnte, dass…ich diese Art der Loyalität nicht verdiente. Ich war bereits mit einem Fuß aus der Tür ohne ein Versprechen, wann ich zurück sein würde, aber sie waren trotzdem hergerannt, als sie gehört hatten, dass ich sie vielleicht brauchte.

Sie verdienten eine Frau, die wusste, wie sie ihnen im Gegenzug die gleiche Hingabe geben konnte.

Und das war nicht ich. Ich würde nicht einmal wissen, wie. Im Moment war das Einzige, an das ich denken konnte, vor all den hohen Erwartungen davonzulaufen. Zwischen Dash und Jackson, seiner Mutter, meiner Tante und ihren Freundinnen konnte ich fühlen, wie sich das Gewicht auf mich senkte und versuchte, mich festzunageln. Sie wollten, dass ich eine größere, bessere Person war, als ich es tatsächlich war. Sie wollten, dass ich wie sie war, aber ich würde sie nur enttäuschen.

Es mochte nicht heute geschehen, aber es würde passieren. Und ich schuldete es ihnen, es jetzt zu beenden.

Mit einem gezwungenen Lächeln zog ich mich aus seiner Umarmung und stand auf. „Dieser Kuss. Das war ein Abschied. Ihr, ähm…verdient, na ja, alles." Meine

Kehle war eng und es tat weh. „Es tut mir leid, dass ich so schnell gehen muss, Jungs. Ich muss ein Flugzeug erwischen. Aber ich werde euch bald sehen, richtig?"

Bevor sie antworten konnten, floh ich.

Ich war aus dem Haus, zurück in meinem Auto. Rannte wieder davon. Ein kurzer Stopp beim Haus meiner Eltern, um mein Gepäck einzupacken und dann war ich frei.

Aber zum ersten Mal in meinem Leben fühlte sich, Bridgewater zu verlassen, nicht wie Freiheit an. Statt zu fühlen, dass sich meine Welt ausdehnte, fühlte es sich an, als würden sich die Wände um mich herum zusammenziehen. Dass sich eine Tür zu etwas Besonderem schloss und es meine Schuld war.

Drei Stunden später stieg ich in Bozeman in mein Flugzeug und redet mir selbst ein, dass ich zu dem Zeitpunkt, an dem ich in Rio ankam, wieder normal sein würde. Wenn ich erst aus Montana raus war, würde ich wieder klarsehen können. Ich würde mein übliches selbst sein.

Genau wie meine Bräunungslinien würde auch dieser Kummer verblassen. Er musste.

# KAPITEL DREIZEHN

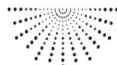

# JACKSON

WIR LIEßEN SIE GEHEN. Ich konnte immer noch nicht glauben, dass wir sie einfach so hatten gehen lassen. Dash und ich waren nicht in der Lage gewesen, uns auf irgendetwas anderes zu konzentrieren als die Tatsache, dass wir gerade dabei zugesehen hatten, wie die Liebe unseres Lebens vor uns davongelaufen war. Und uns auf dem Sofa ihrer Tante sitzend zurückgelassen hatte.

Seit wir aus der Praxis gerannt waren und Chris an der Rezeption gebeten hatten, die restlichen Termine des Tages zu verlegen, waren wir im Diner geendet. Verloren.

Es war überfüllt gewesen, als wir angekommen waren, aber jetzt waren nur noch ein paar Tische belegt und die Besitzerin, Jessie, räumte die Reste des Nachmittagssturms auf. Wir hatten keinen Ort, an dem wir sein mussten, also trödelten Dash und ich mit unseren

Kuchenstücken. Als ob ein Zuckerrausch genug wäre, um gegen dieses schrecklich leere Gefühl im Inneren zu helfen.

„Wir hätten stattdessen zum Barking Dog gehen sollen", meinte Dash. Er hing in der Bank mir gegenüber und stocherte an seinem gedeckten Apfelkuchen herum. „Dies ist gut und alles, aber Whiskey wäre besser. Eine beschissene Wagenladung voll."

Ich ließ ein halbherziges Lachen erklingen, das sich in ein Seufzen wandelte. Dann sprach ich aus, was ich gedacht hatte, seit Avery praktisch aus der Haustür ihrer Tante gerannt war. „Wir hätten sie nicht gehen lassen sollen."

Dash war für einen Moment still und ich sah denselben Frust in seinem Gesicht. Er zeigte mit seiner Gabel auf mich. „Welche Wahl hatten wir schon? Es ist ja nicht so, als hätten wir die Handschellen herausziehen und sie für immer in unserem Schlafzimmer einsperren können." Sein kurzes Grinsen war reumütig. „So verlockend das auch klingen mag."

Ich lächelte bei dem Gedanken. „Ja, ich weiß. Ich fühle mich beschissen. Vielleicht hätten wir mehr tun sollen."

Er nickte. „Wir haben ihr erzählt, wie wir fühlen. Wir haben sie auf gefühlte hundert verschiedene Arten gevögelt. Sie weiß, wie es mit uns ist. Was sie verpasst. Zur Hölle, was wir alle verpassen. Es war einfach nicht genug. Ich wünschte, ich wüsste, was ihre Meinung ändern könnte."

Ich starrte auf meinen kaum angerührten Apfelku-chen. Ich wusste, dass wir das Richtige getan hatten, aber hasste es zur gleichen Zeit. „Wir müssen darauf vertrauen, dass sie zu uns zurückkommen wird, schätze ich."

Dash nickte wieder. „Sie wird. Sie muss."

Das war in der Theorie eine tolle Idee. Ich war mein gesamtes Leben in dem Glauben erzogen worden, dass Liebe alles überwand. Dass, wenn wir die Die Eine gefunden hatten, von da an alles einfach sein würde. Aber was, wenn unsere Seelengefährtin nicht mit uns zusammen sein wollte? Was, wenn die Vorstellung mit uns zusammen zu sein, das Gefühl in ihr hervorrief, sie würde in einer Falle sitzen? Was, wenn unsere Seelengefährtin auf dem Weg nach Brasilien war?

Ich wusste, dass Dashs Gedanken in die gleiche Richtung wanderten, nach seinem düsteren Gesichtsausdruck zu schließen.

Wir saßen so lange in unglücklichem Schweigen da, dass wir am Ende die einzigen Personen im Diner waren bis auf Jessie und sie hatte uns eindeutig vergessen. Oder sie sah unseren Gesichtsausdruck und mied uns. Sie schaltete den Fernseher am Tresen an, setzte sich hin und machte sich selbst eine Tasse Kaffee, während sie Besteck in Papierservietten rollte und einen Stapel machte.

„Wenn wir hier lang genug bleiben, schließen wir den Laden zum Schluss noch ab."

Dash lachte leise. „Dann werden wir zum Barking Dog gehen müssen und dort ebenfalls abschließen."

Ich hob meine Kaffeetasse. „Einverstanden. Wir werden unseren Kummer in Kuchen ertränken, danach in Whiskey."

Bevor ich einen Schluck von meinem mittlerweile kalten Kaffee nehmen konnte, wandte Jessie sich an uns. „Hey, Jungs, ist das nicht das Land, wo euer Mädel hingeht?"

Sie drehte die Lautstärke des Nachrichtensenders auf und Dash und ich starrten mit blankem Entsetzen auf den Bildschirm, über den die Überschrift flackerte: *Brasilien: Einheimischer Volksstamm von Goldgräbern getötet.*

Es wurden ein paar Details genannt und dazu Filmmaterial eines Flusses und tropischen Regenwaldes gezeigt, das in Dauerschleife abgespielt wurde. Aber eine schnelle Suche auf unseren Smartphones verriet uns alles, was wir wissen mussten.

Unser Mädel ging geradewegs auf Schwierigkeiten zu. Ja, Brasilien war ein riesiges Land, größer als die USA. Ja, es gab eine Menge einheimischer Volksstämme im Amazonas. Trotzdem. Avery war nicht in Sicherheit, wenn dies das Land war, wohin sie ging und jeder Beschützerinstinkt in meinem Körper erwachte zum Leben.

Mein Herz schlug heftig, als Dash von seinem Handy-bildschirm aufschaute. Ich wusste, er war derselben Meinung, aber der entschlossene Blick in seinen dunklen Augen bestätigte es. „Lass uns gehen und sicherstellen, dass unser Mädel in Sicherheit ist", sagte er.

Ich rutschte bereits von der Bank, bevor er seinen Satz beendet hatte. Dash klatschte etwas Geld auf den Tisch und wir stürzten aus dem Diner. Auf der Fahrt zum Flug-hafen suchte ich auf meinem Handy nach Flügen und buchte uns Tickets für den Hinflug nach Rio über Atlanta. Der letzte Flug nach Atlanta startete in neunzig Minuten und so wie Dash Gas gab, würden wir es gerade rechtzeitig schaffen.

„Was ist unser Plan, wenn wir dort ankommen?", fragte ich.

Dash schüttelte seinen Kopf. „Keine Ahnung. Ich schätze, wir werden Avery aufspüren und uns vergewis-sern, dass sie in Sicherheit ist."

„Selbst wenn sie in Sicherheit ist, sie wird nicht mit uns zurückkommen wollen", erinnerte ich ihn. „Sie ist einmal gegangen. Sie wird wieder gehen, um an einen anderen Ort zu gelangen. Island, Irland. Zur Hölle, sogar Iowa."

„Dann werden wir mit ihr in Brasilien bleiben, bis sie mit ihrem Auftrag fertig und außer Gefahr ist."

Als er mich wieder anschaute, stand eine Frage in seinen Augen. Er wollte wissen, ob ich dem zustimmte. Es würde bedeuten, dass wir ein paar Termine in der Tierklinik verschieben müssten, aber wir könnten es einrichten. „Ich bin dabei", sagte ich. „Wir werden so lange bleiben, wie sie uns braucht."

Ich sprach das Offensichtliche nicht aus. Vielleicht wollte sie uns nicht einmal dort haben. Aber egal, ob sie uns dort haben wollte oder nicht, wir würden für sie da sein. Wir würden immer für sie da sein.

* * *

AVERY

GOTT SEI GEDANKT für meinen Zwischenstopp in Atlanta. Wenn ich nicht so lange hätte warten müssen und der Flug nach Brasilien keine Verspätung gehabt hätte, hätte ich vielleicht nie die Nachrichten gesehen. Zumindest nicht, bis es zu spät gewesen wäre. Zur Hölle, ich befand mich direkt auf dem Weg in eine Gefahrenzone.

Die Morde mochten zwar nicht dort geschehen sein, wohin ich gehen würde… andererseits war es jedoch gut möglich, dass etwas Ähnliches geschehen könnte. Mein Bauch riet mir, mich von dort fernzuhalten, zumindest bis sich die Dinge beruhigt hatten. Vielleicht, dauerhaft. Ich bezweifelte nicht, dass ich einen Anruf von meinem Chef erhalten würde, der mir mitteilte, ich solle die Morde dokumentieren und Nachforschungen zu den Goldgräbern anstellen, da es große Neuigkeiten waren. Ja, genau. Ich beschäftigte mich mit Reiseartikeln, nicht aktuellen

Ereignissen. Besonders nicht *gefährlichen* aktuellen Ereignissen.

Ich könnte diesen Job ablehnen und…und was? Ich kannte zufällig zwei Männer, die froh wären zu sehen, dass ich nach Montana zurückkehrte.

Oh, wem machte ich etwas vor? Ich war erleichtert, dass ich eine Ausrede hatte, um nach Bridgewater zurückzugehen. Mein Herz bettelte darum, dass ich in das nächste Flugzeug Richtung Westen stieg, zu Dash und Jackson und zu meiner Tante und Jacksons warmherziger Familie. Sogar mein Kopf mischte sich in diese Sache ein. Ausnahmsweise. Ich ertappte mich dabei, wie ich die Neuigkeiten über die verspäteten Flüge auf dem Bildschirm anstarrte, aber nichts sah. Ich war zu sehr damit beschäftigt, über all die Geschichten nachzudenken, die ich schreiben könnte, wenn ich zurückging. Sichere Geschichten ohne mexikanische Rebellen oder rücksichtslose Goldgräber.

Nicht nur über Rorys und Coopers Helikoptergeschäft oder Hawk's Landing, auch wenn diese ein toller Start wären. Aber ich hatte eine Million Ideen. Genug, um bei Rachels Idee eines Montana Reisemagazins mitzumischen.

Mein Puls erhöhte sich bei dem Gedanken, ein Magazin von Grund auf aufzubauen. Es zu meinem zu machen. Die guten Dinge über Montana mit anderen zu teilen. Werbung für meine Freunde zu machen. Über alles zu schreiben, das ich vermisst hatte, als ich wegen meinem Job gegangen war. Nicht meine Eltern, nein. Auch nicht meine Schwester. Jede andere Sache an Bridgewater war wundervoll. Ich könnte all das der Welt zeigen, ohne gehen zu müssen. Ich schaute mich in dem Flughafenbereich um, plötzlich mit dem Drang, mir den nächsten Flug zu schnappen – und nicht einen nach Brasilien.

Nach Montana.

Zog ich das wirklich in Betracht?

Ja, ja, das tat ich.

Die Mitarbeiterin, die hinter dem Schalter am Gate stand, sah mich dort stehen, wie ich in die Luft starrte, als hätte ich mich verlaufen oder wäre auf Drogen oder so. „Ma'am, kann ich Ihnen helfen?"

Aus meinen Gedanken gerissen, schüttelte ich meinen Kopf. „Ähm, nein danke. Mein Flug nach Rio hat Verspätung. Ich habe nur nach der neuen Uhrzeit geschaut."

Ich dachte wirklich darüber nach, nach Bridgewater zu gehen. In echt und aus keinem anderen Grund als dem, dass ich es wollte. Zum ersten Mal in meinem Leben, zog ich es in Erwägung meinen nomadischen Lebensstil für ein stabiles Leben aufzugeben.

*Ui.*

Ich erkannte mich fast selbst nicht wieder. Wollte ich wirklich zurück nach Bridgewater fliegen? Um zu bleiben? Ich wollte nie irgendwo *bleiben*. Ich war ständig in Bewegung. Ich floh. Ich flüchtete. Ich wich aus. Ich verspürte immer den Drang zu Reisen, wenn ich zu lange an einem Ort blieb.

Aber das hatte ich nicht…nicht während meinem letzten Trip. Vielleicht hatte ich endlich einen Ort gefunden, an dem ich zufrieden sein konnte.

Wie ironisch, dass es meine Heimatstadt war, der Ort, den ich den Großteil meines Lebens wie die Pest gemieden hatte.

Aber dieser Trip für Jackies Hochzeit war so völlig anders gewesen. In der Vergangenheit war ich allein zurückgegangen. Hatte mich allein gefühlt, während ich dort war. War allein gelassen oder zumindest von meinen Eltern belästigt oder schlechtgemacht worden. Sicher ich hatte die volle Wucht der Enttäuschung meiner Eltern und die passive Aggressivität gefühlt, aber Dash und Jackson hatten mir gezeigt, dass ich sie mir nicht zu Herzen nehmen musste. Ich konnte einfach davonlaufen und es würde andere Menschen geben, die für mich da waren. Die meine Freunde waren. Liebhaber.

Ich war Dash und Jackson in Minneapolis begegnet und hatte jene wilde, wundervolle Nacht erlebt. Ich war geflohen, sie nicht. Sie hatten mit mir nach Bridgewater reisen wollen, aber ich nicht. Dennoch hatten sie mich aufgespürt.

*Sie wollten mich.* Von Anfang an. Sie hatten kaum Zeit von mir getrennt verbracht. Ich hatte das Gefühl, dass sie mich die ganze Zeit zwischen sich behalten hätten, wenn sie nicht hätten arbeiten müssen.

Mein Herz sehnte sich nach mehr Tagen wie denen, die wir zusammen verbracht hatten.

Zu bleiben, bedeutete nicht, sich niederzulassen. Nichts an dem Leben, das mir Dash und Jackson anboten, fühlte sich wie Niederlassen an. Ja, ich würde weniger nomadisch leben, aber ich würde meine Träume nicht aufgeben müssen. Ich könnte immer noch gelegentlich Reiseaufträge annehmen, wenn ich das wirklich wollte, aber ich könnte auch ein neues Ventil für meine Fähigkeiten und Erfahrungen finden. Ich musste nicht aus einem Koffer leben.

Ich könnte aufhören zu rennen und anfangen zu leben und das zu tun, was ich liebte, während ich mit den Menschen, die ich liebte, zusammen war.

*Den Menschen, die ich liebte.*

Mein Hirn rief mir eine Erinnerung ins Gedächtnis, in der Dash und Jackson links und rechts von mir im Bett lagen. Ihr entspanntes Lächeln, ihre sanften Hände. Tiefen Stimmen, sichere Umarmungen. Dominierenden Geister.

Und ich liebte sie. So viel hatte ich vor einer Weile

herausgefunden, obwohl ich ein zu großer Angsthase gewesen war, um es mir selbst einzugestehen.

Ich liebte sie. Und sie liebten mich. Sie hatten es nicht ausgesprochen, aber ich wusste es. Ich *fühlte* es.

Und ja, ich war immer noch wie gelähmt vor Angst. Ich starrte auf den Bildschirm mit den Abflügen, als ob die Liste der Flugzeiten die Antworten auf die Mysterien des Universums für mich bereithielte. Oder zumindest die Antworten auf die Fragen in meinem Herzen. Reisende liefen an mir vorbei, zogen ihr Handgepäck hinterher, schoben Kinderwägen. Eine Ankündigung darüber, persönliche Habseligkeiten im Auge zu behalten, erklang aus den versteckten Lautsprechern über meinem Kopf. Die Welt bewegte sich um mich herum und dennoch stand ich nach wie vor still. Ich mochte zwar in der Welt herumgereist sein, aber ich war nirgendwo hingekommen.

Ich erlaubte mir selbst für einen Moment, das Gefühl, geliebt zu werden, zu genießen – es umhüllte mich wie eine warme Decke – und das Wissen, dass die Liebe erwidert wurde.

Aber konnte ich Dash und Jackson geben, was sie brauchten? Was sie verdienten? Konnte ich wirklich in einer ernsthaften Beziehung glücklich sein? Konnte ich glücklich sein, wenn ich den Großteil meiner Zeit an einem Ort lebte?

Ich war atemlos vor Begeisterung, als mich die Antwort förmlich aus den Schuhen haute.

Ja, ich konnte. So viel war sicher. Aber konnte ich sie glücklich machen? Das war der Grund, warum ich geflohen war. Um sie vor mir zu retten.

Ich klatschte meine Hände zusammen und atmete tief ein. Ich hoffte es mit jeder Faser meines Körpers.

Die Flughafenmitarbeiterin unterbrach ein weiteres Mal meine Gedanken. „Entschuldigen Sie mich, Ma'am?

141

Wenn Sie schon eher nach Rio müssen, kann ich Sie auf einen früheren Flug von einer anderen Fluggesellschaft umbuchen, der in einer Stunde abhebt."

Sie musterte mich und wartete auf eine Antwort, aber es kam keine.

Das war sie. Die Weggabelung.

Ich konnte den neuen Flug nehmen oder nach Hause zurückkehren.

Ich könnte mit meinem alten Leben weitermachen, als wäre meine Beziehung mit Dash und Jackson nie geschehen. Ich würde emotional in Sicherheit sein, wenn auch nicht körperlich. Ich könnte zu meiner vorherigen Welt der zwanglosen Affären und hyper-dynamischen Reiseartikel zurückgehen.

Oder ich könnte nach Bridgewater zurückgehen, das sich nach der letzten Woche mehr wie ein Zuhause anfühlte als während meiner gesamten Kindheit. Ich könnte zu Dash und Jackson zurückkehren und ein neues Leben riskieren, eines, das auf seine eigene Art furchtein-flößend sein würde...aber befriedigend. Liebevoll. Ich ertappte mich dabei, wie ich wie eine Idiotin bei der Erin-nerung, mit Handschellen an ihr Bett gekettet zu sein, grinste.

Oh, es würde so befriedigend sein.

Die Flughafenmitarbeiterin hob ihre Augenbrauen. „Ma'am?" Sie wartete immer noch und begann höchst-wahrscheinlich zu denken, dass ich eine Verrückte war, weil ich so lange zum Antworten benötigte.

Aber dies war eine große Sache, verdammt nochmal. Ein Mädchen veränderte nicht einfach aus einer Laune heraus ihren Lebensplan.

Oder doch?

Zur Hölle, ich hatte eine Karriere darauf aufgebaut, dass ich mein Leben spontan führte, dass ich meinen Instinkten folgte und meinem Bauchgefühl vertraute.

Nun ja, mein Bauchgefühl sagte mir, dass ein Montana Magazin zu gründen, mir die Art Herausforderung geben würde, die ich im vergangenen Jahr als Reisejournalistin vermisst hatte. Und mein Herz? Mein Herz riet mir, ohne Wenn und Aber, zu bleiben. Es sagte mir, dass ich bleiben musste, wenn ich Jackson und Dash nicht für immer verlieren wollte.

Und ich wollte ein "für immer" mit ihnen.

Ich schüttelte meinen Kopf und schenkte ihr ein strahlendes Lächeln. „Ich muss keinen neuen Flug nach Rio buchen."

Sie blinzelte. „Äh…okay."

Ich lief zu dem Schalter und beugte mich vor. „Aber ich brauche Ihre Hilfe, um einen neuen Flug zu buchen." Ich grinste und wusste ohne jeglichen Zweifel, dass sie gerade in Erwägung zog, ob sie wegen meiner eindeutigen Verrücktheit den Sicherheitsdienst rufen sollte.

„Buchen Sie mir bitte einen Flug zurück nach Montana."

# KAPITEL VIERZEHN

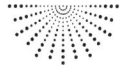

*A*VERY

D̲ER̲ ̲N̲ÄCHSTE̲ F̲LUG̲ nach Bozeman ging erst am
Morgen. Natürlich. Ich beäugte die unbequemen Plastik-
stühle vor dem Gate und entschied, dass ich wahrscheinlich mehr Erfolg damit haben würde, ein Nickerchen auf
dem Boden zu halten.

Nicht, dass ich in der Lage sein würde, zu schlafen.
Die Aufregung und Angst hatten mich viel zu sehr aufge-
dreht. Ja, ich hatte Angst. Nicht vor den Goldgräber
Rebellen oder mexikanischen Drogenkartellen. Ich war
starr vor Angst wegen meiner Gefühle. Wegen der Liebe,
die ich für meine Männer empfand. Ich hatte Angst
davor, ob sie mich immer noch wollen würden, nachdem
ich sie verlassen hatte. Wieder.

Mir war eingefallen, dass ich Dash und Jackson
anrufen und ihnen erzählen könnte, dass ich meine

Meinung geändert hatte, aber ich war an die Mailbox weitergeleitet worden.

Ich musste hoffen, dass sie meine Anrufe nicht ignorierten, aber die Paranoia setzte bereits ein. Ich biss auf meine Lippe und stellte mir ihre Gesichter vor, wenn ich vor ihrer Haustür auftauchen und ihnen mitteilen würde, dass ich für immer zurück wäre.

Ich stellte meinen Rucksack auf den Boden und bereitete mich darauf vor, es mir für eine lange Nacht bequem zu machen. Ich hatte gerade mein Taschenbuch geöffnet und angefangen zu lesen, als sich die Türen öffneten und die Passagiere des ankommenden Fluges aus dem Tunnel liefen.

Zwei heiße Typen schritten aus den Türen, wobei sie wirkten, als wären sie auf einer Mission.

Heilige Scheiße, es konnten doch nicht…

Aber sie waren es und sie würden gleich direkt an mir vorbeilaufen. Vollkommen fokussiert. Schnelle Schritte. Entschlossen.

„Dash?", rief ich und krabbelte auf meine Füße. „Jackson?"

Meine Männer drehten sich um und nach ihren aufgerissenen Augen und Mündern zu schließen, waren sie genauso geschockt mich zu sehen wie ich darüber, sie zu sehen.

„Avery?", sagte Jackson, während er sich auf mich zubewegte. „Was machst du hier?"

„Ich?", fragte ich und deutete auf mich. „Was macht *ihr* hier?"

Dash zog mich in seine Arme, bevor er antwortete. Sein Griff war so fest, dass ich seine ganze angestaute Besorgnis spüren konnte. „Wir haben die verdammten Nachrichten gesehen und uns Sorgen um dich gemacht, Schatz", erklärte er mit seiner Stimme nah an meinem

Ohr. „Wir waren auf unserem Weg, um sicherzustellen, dass es dir gut ging."

Ich zog mich zurück, so dass ich ihre Gesichter sehen konnte. Ihre Besorgnis, ihre Liebe…es war überwältigend. Meine Kehle verengte sich, während mir Tränen in die Augen traten. Diese Männer, die in Bridgewater geboren und aufgewachsen waren, hatten ihr Zuhause hinter sich gelassen, ihre Jobs…ihr Leben…nur, um sich zu vergewissern, dass es mir gut ging.

Mir. Der Frau, die ohne einen anständigen Abschied davongerannt war, geschweige denn irgendein Versprechen über ihre Rückkehr gemacht hatte.

Jackson bemerkte die Tränen in meinen Augen, denn er näherte sich mir und schlang seinen Arm um meine Schultern. „Geht es dir gut, Liebling?"

Als ich nicht sofort antwortete, fragte Dash: „Was ist los? Was ist passiert?"

Ich schüttelte meinen Kopf. „Nichts, es ist nur…" Oh zur Hölle, ich weinte jetzt offen. „Ich bin einfach so glücklich euch Jungs zu sehen."

Sie schauten sich für eine Sekunde an, bevor sie mich fest an sich drückten und mich in eine Umarmung zogen, die mir die Luft aus den Lungen quetschte.

Als sie schließlich ihren Griff lockerten, umfasste Jackson mein Gesicht mit seinen Händen. „Was machst du hier am Gate? Was ist mit deinem Flug nach Rio passiert?"

Bevor ich antworten konnte, fragte Dash: „Wurde der Flug storniert?"

Ich schüttelte meinen Kopf. „Verspätung, aber ich bin nicht eingestiegen." Auf ihre identischen verwirrten Blicke hin erklärte ich: „Ich habe meinen Trip nach Rio abgesagt."

Dashs Kopf fiel zurück und er seufzte. Ich spürte, wie

147

die angestaute Anspannung seinem Körper entwich. „Gott sei Dank."

Jackson warf ihm einen warnenden Blick zu. „Nicht, dass wir dich verurteilen würden, wenn du deinen Trip trotzdem durchgezogen hättest. Wir haben uns nur Sorgen gemacht."

Ich grinste, wobei ich mir mit den Fingern die Tränen von den Wangen strich. „Ich weiß. Ich verstehe es." Und das tat ich. Diesen Männern ging es nie darum, mich oder mein Leben kontrollieren zu wollen. Das Wundervollste war, dass sie mich genug liebten, um mich meine eigenen Entscheidungen treffen zu lassen, obwohl sie sich so große Sorgen gemacht hatten, dass sie in ein Flugzeug gestiegen waren, um mir hinterher zu reisen.

„Bist du stattdessen auf dem Weg zu einem anderen Ort?", erkundigte sich Jackson.

Ein Lächeln zupfte an meinen Lippen, während ich nickte. „Ich habe ein neues Reiseziel."

Sie hörten aufmerksam zu. Wahrscheinlich warteten sie darauf, dass ich die Bombe platzen lassen würde, an welchen anderen exotischen Ort ich stattdessen reisen würde.

„Es ist ein Langzeitauftrag", sagte ich und versuchte, Ernsthaftigkeit vorzutäuschen trotz der Tatsache, dass alles in mir vor Freude auf und ab hüpfen wollte.

„Oh ja, wohin jetzt?", fragte Dash. Sein Ton klang zurückhaltend, als ob er sein Urteil darüber, ob ihm das, was ich sagen würde, gefiel oder nicht, zurückhalten wollte.

Ich biss auf meine Lippe. „Es ist diese kleine Stadt namens Bridgewater in Montana." Ich blickte von Dash zu Jackson und saugte jedes einzelne Detail ihres Schocks und auftretender Begeisterung auf. „Jemals davon gehört?"

\* \* \*

WIR SCHAFFTEN es kaum ins Innere des Hotelzimmers, bevor ich gegen die Tür gedrückt wurde. Das Hotelzimmer war ein anderes, aber der Rest war gleich. Ich war begierig darauf, mit Jackson und Dash zusammen zu sein. Wollte, was auch immer die Nacht bringen würde. Dieses Mal wusste ich, dass es nicht nur für eine Nacht war. Es war für immer.

Es war Dash, der seinen harten Schwanz an mir rieb, während Jackson unsere Taschen auf das Sofa warf.

Als ich klargemacht hatte, dass ich den nächsten Flug zurück am Morgen nehmen würde, hatten sich meine Männer Tickets für das gleiche Flugzeug gekauft, bevor sie uns ein Zimmer im angeschlossenen Hotel gebucht hatten.

Ich war kaum in der Lage gewesen, zu warten, bis wir in unser Zimmer gelangten, bevor ich meine Hände nach ihnen ausstreckte, da ich ihre Körper an meinem spüren musste. Jetzt, da ich meine Entscheidung getroffen hatte, musste ich es offiziell machen.

Ich wollte ihnen zeigen, wie ich fühlte, was ich wollte. Aber sie verdienten es auch, die Worte zu hören.

„Bist du dir hiermit sicher?", fragte Dash, als er meinen Hintern packte und mich von der Tür wegbewegte, so dass wir drei auf das King-Size-Bett fallen konnten.

„Absolut sicher", erwiderte ich. Sie beugten sich beide über mich, einer auf jeder Seite.

Es hieß jetzt oder nie. Meine Hände ausstreckend, legte ich jeweils eine auf ihre Brust, nahm ihre Hitze auf, während ich den Mut sammelte, ihnen zu sagen, was ich bereits seit Tagen tief in mir gewusst hatte…vielleicht seit dem ersten Moment, in dem ich sie an dem Gate in Minneapolis gesehen hatte.

„Ich liebe euch", verkündete ich und bewunderte die sofort eintretende Veränderungen an ihnen.

Ihre Augen wurden dunkel und leidenschaftlich und füllten sich mit einer solchen Intensität, dass es fast nicht auszuhalten war. Ich hatte mir niemals vorstellen können, dass ich jemals so von einem Mann geliebt werden könnte, ganz zu schweigen von zweien.

„Ich liebe dich auch, Liebling", erwiderte Jackson und beugte sich nach unten, um meine Schulter zu küssen.

„Ich liebe dich. Du bist alles für uns", sagte Dash und streichelte meine Wange. „Vielleicht hätten wir dir das zuvor erzählen sollen. Denn dich darum zu bitten, zu bleiben, mit uns zusammen zu sein, war nicht das, was du hören musstest."

Ich fühlte, wie ihre Herzen unter meinen Handflächen schlugen. „Ich denke, du hast recht. Das ist alles, was wichtig ist. Ihr Jungs seid auch für mich alles. Ich meine… ich will, dass ihr das seid." Oh zur Hölle, ich ruinierte es.

„Was meinst du damit, Schatz?", fragte Dash.

„Ich meine damit…" Ich holte tief Luft, beruhigte meine Nerven. „Ich werde mit euch Jungs nicht nur für einen kurzen Aufenthalt bis zu meinem nächsten Auftrag zurückgehen."

Die Luft zwischen uns dreien wurde heiß und schwer, während sie darauf warteten, dass ich fortfuhr. Ich verdrängte meine restlichen Nerven. „Ich meine, ich würde gelegentlich einen Trip machen. Ihr wisst, wenn es ein wirklich guter Auftrag ist, den ich nicht ablehnen kann oder – "

Jackson nahm meine Hand und unterbrach mein Gebrabbel mit einem Kuss auf meine Handfläche. „Was willst du?"

„Ich will mit euch Jungs zusammen sein", keuchte ich. „Für immer."

Ihr Grinsen war zur gleichen Zeit sexy und süß. „Ja?", fragte Dash mit strahlenden, dunklen Augen.

Ich nickte. „Ja."

„Bist du dir sicher?", wollte Jackson wissen.

„Ich bin mir noch nie zuvor mit irgendetwas sicherer gewesen."

Ich erzählte ihnen kurz davon, was ich wegen dem Montana Reisemagazin, das Rachel vorgeschlagen hatte, beschlossen hatte. „Es würde ein Abenteuer für mich sein", erklärte ich. Mit einem Schulterzucken fügte ich hinzu: „Es mag zwar nicht die gleiche Art Abenteuer sein, an die ich gewöhnt bin aber dies", ich deutete zwischen uns dreien hin und her, „ist völlig neu und aufregend und absolut furchteinflößend."

Sie grinsten zu mir herunter. „Fuck, ja, das ist es", antwortete Jackson.

Ich lächelte zu ihnen hoch. „Also, seht ihr? Ich werde immer noch Abenteuer haben, nur eine andere Art." Ich streckte meine Hände nach oben, um ihre Gesichter zu streicheln, während ich über die Tatsache staunte, dass diese Männer meine waren. Dass ich die Ihre war. „Mit euch."

# KAPITEL FÜNFZEHN

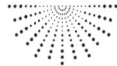

## *A*VERY

DASH BEUGTE sich zu mir und küsste mich. Behutsam und sanft.

Jackson war als nächster an der Reihe.

Ich spürte ihre beiden Küsse bis zu meinen Zehen.

„Ihr Jungs, müsst eventuell Geduld mit mir haben. Das ist alles neu für mich, die Liebe und das Vertrauen und ein Teil einer Familie zu sein…" Meine Stimme verlor sich, während ich mit den Achseln zuckte. „Aber wenn es irgendjemanden gibt, der mir zeigen kann, wie es gemacht wird, dann seit es ihr zwei."

„Schatz, wir werden auf jedem Schritt des Weges bei dir sein", versprach Dash. Seine Stimme sank zu diesem unglaublich sexy Tonfall, der mich jedes Mal, wenn ich ihn hörte, feucht werden ließ. Er musste bemerkt haben, wie mein Atem stockte, denn seine Hände wanderten nach unten, streiften den Bund meiner Jeans und glitten dann darunter.

Jackson grinste, während er seinen Kopf zur Seite neigte und mein T-Shirt aus dem Weg schob, so dass er an meiner Schulterlinie saugen konnte. „Unser Flug hebt erst am Morgen ab. Hast du irgendwelche Ideen, wie wir die Zeit füllen können?"

Ich grinste. „Ich habe ein paar."

„Benötigen wir Handschellen, um dich davon abzuhalten, wieder wegzurennen?"

„Dieses Mal nicht."

„Gutes Mädchen", lobte Dash, hob mich hoch und warf mich auf das Bett. „Wir haben gesagt, dass wir dich eines Tages gemeinsam nehmen würden. Ich denke, es ist an der Zeit, was meinst du?"

Ich stemmte mich auf meine Ellbogen, schaute von Dash, der auf dem Bettrand saß, zu Jackson, der seine Arme verschränkt hatte und über mir aufragte. Sie trugen dieselben Klamotten wie heute Morgen, als sie zu Tante Louises Haus gekommen waren, allerdings ohne die Tierarztsachen.

Die Vorstellung, dass sie mich gleichzeitig ficken würden, veranlasste mich dazu, mich auf dem Bett zu winden. Wir hatten darüber geredet. Nein, sie hatten leidenschaftliche Versprechen in mein Ohr geflüstert, während sie mich vögelten, aber auch wenn sie die zwei unterschiedlich großen Stöpsel in meinen Hintern geschoben hatten, hatten sie ihr Versprechen nicht eingelöst. Jackson hatte einmal meinen Hintern genommen, aber ich hatte dabei an Dashs Schwanz gesaugt. Ich hatte sie noch nicht beide gehabt – einen in meiner Pussy, einen in meinem Hintern.

Ich war jetzt froh, dass sie es nicht getan hatten. Der Vorgang an sich war intensiv und etwas, das ich mit ihnen teilen wollte, jetzt da ich wusste, dass ich bleiben würde.

„Ja", stimmte ich zu. „Es ist definitiv an der Zeit."

„Dann zieh dich aus, Schatz."

Ich kletterte vom Bett und entledigte mich schnell meiner Kleidung. Dies war nicht die Zeit für einen Striptease. Die Jungs waren derselben Meinung, denn sie rissen sich zur gleichen Zeit die Kleider vom Leib. Innerhalb von Sekunden lag ein großer Haufen Klamotten auf dem Boden und wir waren nackt. Ihre beiden Penisse waren hart und zeigten direkt auf mich.

Ich blickte zwischen ihnen hin und her, nicht sicher, wen ich zuerst anspringen sollte. Aber als Jackson seinen Finger krümmte und grinste, wurde die Entscheidung getroffen.

Ich ging zu ihm und er legte seine Hand in meinen Nacken, zog an meinen Haaren, so dass mein Kinn nach oben zeigte und er mich küssen konnte. Mein Keuchen wurde geschluckt, als seine Zunge meine fand. Mich eroberte.

Dash lief hinter mich und ich spürte die Hitze seiner Brust an meinem Rücken, während seine Hände über meine Arme glitten. Seine Lippen arbeiteten sich meine Wirbelsäule hinunter, bis ich hörte, wie er sich auf seinen Knien niederließ.

Er knetete und küsste meinen Hintern, knabberte mit seinen Zähnen daran.

„Ich liebe diesen Hintern", murmelte er und gab ihm einen leichten Klaps.

Ich fühlte Jacksons Lächeln an meinem Mund, als ich keuchte.

„Scheiße."

Ich hörte Dashs gemurmelten Fluch und Jackson hob seinen Kopf. Ich schaute über meine Schulter zu Dash, der auf seinen Knien absolut heiß aussah.

„Wir haben kein Gleitgel und wir werden dich auf keinen Fall ohne es nehmen."

Ich wollte einen Schmollmund machen, da es mir jedes Mal, wenn sie einen Stöpsel in mich eingeführt hatten, gefallen hatte. Als Jackson meinen Hintern gefickt hatte, hatte ich es geliebt. Aber Gleitgel war eine Notwendigkeit. Ich hatte eine Ahnung, wie es sein würde, wenn sie beide tief in mir wären. Ich wollte fühlen, wie jeder von ihnen eines der Löcher füllte. Wie ich weit gedehnt und uns alle verbinden würde.

„Ich habe welches", sagte Jackson.

Dash setzte sich zurück auf seine Fersen, als sich Jackson entfernte und zu seiner Tasche ging. Mir konnte der unglaubliche Anblick seiner festen Rückseite und muskulösen Beine nicht entgehen.

„Du hast Gleitgel in deinem Handgepäck mitgebracht?", fragte Dash.

Jackson zog die kleine Flasche aus seiner Tasche, drehte sich um und hielt sie hoch. Ja, das hatte er. „Als wir ins Haus sind, um ein paar Klamotten zu schnappen, habe ich es dazu geworfen. Ich bin davon ausgegangen, dass sie im Amazonas kein Gleitgel haben würden und ich hatte vor, dass wir dich gemeinsam nehmen würden." Jackson begann seine Erklärung, indem er Dash anschaute, aber als er sie beendete, war sein glühender Blick allein auf mich gerichtet.

Dash schüttelte seinen Kopf, als ob er es nicht fassen könnte. „Kluger Gedanke."

Er packte meine Hüften, wirbelte mich herum und drückte mich dann nach hinten, so dass ich auf dem Bett saß. Dash näherte sich mir und drückte mich auf den Rücken.

Das geschah so schnell und ich hatte nur Zeit, zu lachen, als er meine Beine über seine Schultern hob und meine Hüften an den Matratzenrand zog. „Ich muss dich schmecken, Schatz. Diesen süßen Honig an meine Zunge bekommen. Du wirst zuerst kommen und schön weich und feucht für unsere großen Schwänze werden. Dann werden wir dich gemeinsam ficken."

Als er mich mit seinen Daumen öffnete und seinen Kopf senkte, bevor ich auch nur antworten konnte, legte ich meine Hand auf seinen Hinterkopf und stöhnte zur Antwort.

Er hörte nicht auf, sondern leckte und schnalzte und saugte und fickte mich mit seinen Fingern, bis ich mich wand und bettelte, stöhnte und schließlich in seinem Gesicht kam.

Erst dann stand er auf und ich blinzelte ihn an, als er seinen glänzenden Mund mit der Rückseite seiner Hand abwischte. „Schau nach, ob sie bereit ist", forderte er Jackson auf.

„Gerne."

Eine Hand neben mich auf das Bett legend, ragte Jackson lächelnd über mir auf, während seine Finger meine Muschi fanden und streichelten. Ich keuchte, weil ich so empfindlich war.

„Tropfend. Geschwollen. So empfindlich." Seine Worte waren dunkel und grob, sein Schwanz zeigte direkt auf mich. Ich sah einen Lusttropfen an der Spitze und leckte meine Lippen.

„Ich bin dran", sagte ich. „Ich will dich in meinem Mund."

Jackson schüttelte den Kopf. „Nicht dieses Mal, Liebling. Später. Wir haben die ganze Nacht und du kannst mir jederzeit einen blasen, wann du willst. Aber jetzt werden wir dich erobern."

„Das stimmt", bestätigte Dash und kam näher zum Bett, so dass ich seine starken Beine und steifen Schwanz sah, als ich zu ihm aufschaute. Jackson blockierte den Rest von ihm. „Du wirst deine Meinung nicht ändern. Wir nehmen dich gemeinsam und du bist die Unsere."

Jacksons Blick passte zu Dashs ernsten Worten. Sie

wollten mich, aber sie würden diese Art von Sex nicht ohne eine Bindung machen. Es schien seltsam zu sein, aber ergab gleichzeitig auch Sinn. Es war nicht nur doppelte Penetration. Es war Vertrauen. Unterwerfung. Liebe.

Es bewies alles.

„Ich verstehe."

Jackson drückte sich von der Matratze und stellte sich neben Dash.

„Wir lieben dich, Schatz. Vertraust du uns?"

Ich nickte, wobei meine Haare über das Betttuch glitten.

„Ich weiß, dass du die Pille nimmst, aber vertraust du uns, wenn wir dir sagen, dass wir sauber sind?", fragte Dash. „Ich will dich ungeschützt nehmen."

„Wir haben den Papierkram zu Hause, aber das war eine Sache, die ich nicht mitgenommen habe", fügte Jackson hinzu.

„Ich hatte noch nie ungeschützten Sex", gab Dash zu. „Nur mit dir."

Jackson stimmte mit einem Nicken zu. Die Vorstellung, dass sie mich ohne ein Kondom nehmen würden, dass ich das Gleiten ihrer Schwänze in mir spüren würde, erregte mich unglaublich. Sie würden mich mit ihrem Sperma füllen. Eines Tages, vielleicht ohne die Pille, und wir würden eine Familie machen. Nicht heute Nacht, nicht jetzt, aber eines Tages.

Die Vorstellung war jetzt nicht furchteinflößend.

Ich setzte mich auf, griff nach Dashs Hand, die mir am nächsten war. „Ja. Ich will euch beide spüren."

Da bewegten sie sich. Jackson warf die dekorativen Kissen auf den Boden, zog die Tages- und Bettdecke weg, bevor er sich auf die Mitte des Bettes fallen ließ. Dash zog mich nach oben und küsste mich.

Als er sich schließlich von mir löste, streichelte er mit

seinen Fingern über meine Wange. Ich spürte das beharr-
liche stupsen seines Penis an meinem Bauch und die
feuchte Spur seiner Lusttropfen. Er neigte seinen Kopf
zur Seite. „Steig auf."

Ich schaute zu Jackson, der mit den Händen hinter
dem Kopf auf dem Bett lag, während sein Schwanz zur
Decke zeigte. Ich konnte nicht anders, als lachen,
während ich ein Knie aufs Bett setzte und zu ihm
rutschte. „Bist du dir sicher, dass ich dir keinen blasen
darf?"

Jackson bewegte seine Arme und legte seine Hände
auf meine Hüften. „Frau, setz dich auf meinen Schwanz,
bevor ich dir den Hintern versohle."

Sein Grinsen passte nicht zu seinem obszönen Befehl.

„Ja, Sir."

Er knurrte bei meiner Antwort und übernahm das
Ruder, hob mich hoch und senkte mich auf ihn. Ich war
aufgespießt. Bis zur Wurzel. Ich nahm mir eine Sekunde,
um mich anzupassen, wobei sich meine Hände auf seiner
Brust niederließen.

„Wow", machte ich.

„Schön feucht. Scheiße, und eng", knurrte er.

Ich hörte, wie der Deckel des Gleitgels geöffnet wurde
und beobachtete, wie Dash seinen harten Schwanz groß-
zügig einrieb, so dass er in dem sanften Licht des Hotelzimmers glänzte. Er hielt seine glitschige Hand hoch.
„Reite ihn, Schatz, und ich werde dafür sorgen, dass du
bereit bist."

Ich hob mich selbst an, ließ mich fallen und meine
Augen klappten zu. „Ich bin bereit", keuchte ich.

„Noch nicht, aber du wirst es sein."

Da begann ich, mich zu bewegen. Ich beugte mich zu
Jackson, um ihn zu küssen, während ich meine Hüften
bewegte, sie kreisen ließ und anhob. Senkte. Fickte.

Dashs Gewicht bewegte das Bett und ich fühlte ihn

neben mir. Eine große Hand legte sich auf meinen Rücken, die andere zwischen meine geteilten Pobacken, während er den mit Gleitgel bedeckten Finger in mich presste. Er verteilte das Gleitgel um meinen Hintereingang, dann in mir, während ich die ganze Zeit über keuchte und schnaufte. Dies war etwas, das sie bereits zuvor getan hatten, sogar in jener ersten Nacht im Hotelzimmer in Minneapolis, aber da war es nur ein Spiel gewesen. Dies war Vorbereitung.

Jackson spannte sich unter mir an und hob mir seine Hüften entgegen. Seine Hände lagen auf meinen Schenkeln, während Dash arbeitete.

Ich atmete schwer, da die Kombination ihrer gemeinsamen Zuwendungen so intensiv war.

„Bereit?", fragte Dash.

Jackson spreizte seine Beine weiter, als sich Dash hinter mir in Position brachte.

„Küss mich, Liebling." Jackson zog mich nach unten, so dass ich auf ihm lag und mein Hintern höher in die Luft ragte, geöffnet für Dash.

Es waren nicht Dashs Finger, die ich dort als nächstes spürte, sondern seine breite Eichel. Sie war glitschig, dennoch beharrlich und so viel breiter als seine Finger oder irgendeiner der Stöpsel, die sie verwendet hatten. Jackson hatte dies schon einmal getan und ich wusste, was ich zu erwarten hatte, aber dennoch war es nicht leicht, besonders mit Jacksons Schwanz in meiner Muschi. Es war wirklich eng.

„Atme, Schatz. Das ist es. Gutes Mädchen. Drück zurück, ja, genau so. Lass mich rein. Oh fuck, du bist so eng. Jetzt nur die Spitze. Gut. Atme."

Oh mein Gott, ich war so vollgestopft. Und Dash war noch nicht einmal vollständig in mir. Ich atmete, wölbte meinen Rücken, dies war die ultimative Unterwerfung.

Ich konnte mich nicht bewegen. Ich konnte nichts anderes tun, als fühlen.

Und als sie anfingen, sich zu bewegen, in gegensätzlichen Bewegungen rein und raus zu gleiten, da ließ ich los. Gab mich ihnen vollständig hin. Ihrem abgehackten Atmen, dem Gefühl ihrer harten Körper, dem klebrigen Schweiß auf meiner Haut. Dem Drücken ihrer Finger. Den tiefen Stößen ihrer großen, herrlichen Schwänze.

Es war zu viel. Meine Sinne wurden überladen, mein Köper hatte praktisch einen Kurzschluss.

Ich packte Jacksons Arme, als ich kam. „Oh! Ja. Oh Gott, es ist…wow, ich kann nicht – "

Ich machte keinen Sinn, war ein Haufen Nerven und Hitze und Feuer und ich wurde von einem Mann entzündet. Zwei Männern.

Meinen.

Und ich war die Ihre. Vollständig. Absolut. Unwiderruflich.

Jackson stieß tief, stöhnte und ich fühlte, wie sein unverhüllter Schwanz anschwoll, dann pulsierte und mich mit seinem Sperma füllte. Dash folgte ihm sogleich. „Du drückst uns so hart. Scheiße. So gut."

Ich spürte die Hitze seines Samens tief in mir.

Ich war ein schlaffes, verschwitztes Durcheinander, als ich auf Jacksons Brust lag und dem wilden Pochen seines Herzens lauschte. Dash zog sich vorsichtig aus mir und ich zischte, weil ich jetzt, da das Vergnügen abebbte, ein wenig wund war. Sein Sperma tropfte aus mir, als er sich fallen ließ, um sich neben Jackson auf das Bett zu legen.

„Wenn meine Beine wieder funktionieren, werden wir in die Dusche gehen und dich sauber machen", versprach er.

Ich lächelte an Jacksons Brust, aber er bewegte sich, zog sich aus mir heraus und legte mich zwischen sie.

„Ich bin genau hier zwischen euch zufrieden. Immer."

„Das stimmt, Schatz. Du bist jetzt die Unsere."

„Ich liebe euch", sagte ich.

Sie stemmten sich auf jeder meiner Seiten auf die Ellbogen, ragten über mich und lächelten. „Ah, Avery. Das sind die süßesten Worte, die jemals gesprochen wurden."

„Nichts ist besser", ergänzte Jackson. „Morgen werden wir dich nach Hause bringen."

Ich schüttelte meinen Kopf und sie runzelten die Stirn. „Es kann ein Flughafenhotelzimmer oder ein Garderobenschrank sein. Zuhause ist, wo immer ihr seid. Wann immer ich zwischen euch bin. Genau wie jetzt."

# MEHR WOLLEN?

\* \* \*

Lesen Sie einen Auszug aus Reitet Mich Wild, Buch 1 in der Bridgewater County Serie!

\* \* \*

## REITET MICH WILD - PROLOG

CATHERINE

Der Flur war dunkel. Der pulsierende Takt einer neuen Tanznummer drang durch die Wand an meinem Rücken, gegen die er mich drückte. Ich war gefangen zwischen dem unnachgiebigen Putz und seinem heißen, muskulösen Körper. Seine Lippen waren hart und dominant, forderten meine Kapitulation, sogar als ich mich in seinem Griff wand. Er war der einzige Mann, den ich gleichermaßen mit meinem Stöckelschuh aufschlitzen und ficken wollte.

„Beweg dich nicht." Er drückte sich vorwärts, sein fester Körper presste mich gegen die Wand, sein steinharter Schwanz eine Versuchung, die ich nicht ignorieren konnte, als ich meine Hüften an ihm rieb und versuchte näher zu kommen. Gott, ja. Mehr.

„Funktioniert diese herrische Nummer mit allen Mädels?"

„Deine Muschi ist total heiß und feucht, Püppchen. Leugne es nicht."

Seine dunklen Augen trafen meine und der Blick, den ich ihm zuwarf, hätte seine Eier schrumpfen lassen sollen. Stattdessen brachte er ihn zum Grinsen und ich schwöre, ich fühlte seinen Schwanz pulsieren. „Schalt ihn ab, Püppchen. Jeden Gedanken in deinem Kopf. Arbeit. Leben. Alles bis auf meinen Penis, der gegen dich drückt. Schalt es verdammt nochmal ab, bevor ich dich übers Knie lege." Ich verengte meine Augen zu Schlitzen und war gleichzeitig empört und erregt. „Das würdest du nicht."

Das dünne Material seiner Anzughose stellte fast keine Barriere zwischen uns dar, als ich meine Beine hob und sie um seine Hüften legte wie eine Frau in Hitze. Ich hatte keine Ahnung, dass Streiten so verdammt heiß sein würde. Mein Rock rutschte hoch und ich rieb meine nackten Innenschenkel an seinen Hüften, gierig nach mehr.

Meine Arme über meinen Kopf hebend, hielt er meine Handgelenke in einer Hand gefangen und nutzte die andere, um sie zu meiner Hüfte wandern zu lassen, während er meinen Nacken küsste, ihn leckte. Daran saugte. Morgen würde dort ein Knutschfleck sein. Ich bog mich, um ihm besseren Zugang zu gewähren, während seine Finger eine Spur der Hitze auf ihrem Weg zu meiner vollen Brust hinterließen, die er unter meiner Bluse umfasste. Er schob das dünne Material hoch, seine schwieligen Handflächen berührten meine Haut. Mein harter Nippel bettelte um seine Aufmerksamkeit.

„Jaaa."

Heilige Scheiße. War das ich? Ich erkannte diese Stimme nicht. Ich habe noch nie so verzweifelt nach einer Berührung, so bedürftig geklungen. Und Arbeit...welche Arbeit? Nichts schaltete mein Hirn schneller aus als ein Mann, der sanft in meinen Nippel biss. Und nicht einfach nur irgendein Mann. *Sam Kane*. Gott, er war eine Kind-

heitsschwärmerei gewesen, der Star meiner Schulmäd-
chenfantasien, aber das war fünfzehn Jahre her.

Er war damals ein Junge. Jetzt, jetzt war er ein *ganzer*
Mann und ich kletterte auf ihn wie auf einen Baum. Wir
hatten die letzten Stunden mit Streiten verbracht. Er
wusste instinktiv, wie er jeden meiner Knöpfe drücken
musste. Anstatt ihm in die Eier zu treten, befand ich mich
im Flur eines öffentlichen Gebäudes und erlaubte ihm,
mich zu berühren und zu schmecken und zu lecken.

„Das ist es. Das Einzige, woran du denken solltest, ist
dies." Seine Lippen eroberten meine, während seine freie
Hand nach unten zu meinem Bauch glitt. Seine frechen
Fingerspitzen glitten unter meinen Rock zu meinem
Oberschenkel, dann hoch, höher und streichelten entlang
der Spitze meines Höschens.

Seine Hand um meine Handgelenke straffte sich,
seine Zunge stieß in meinen Mund und zwei Finger zogen
meine Unterhose zur Seite und glitten in mich. Ich war so
verdammt heiß auf ihn, dass ich fast von diesem einen
groben Stoß kam.

Ich konnte das kehlige Stöhnen nicht unterdrücken,
das mir entfuhr, als er seine Finger herauszog und wieder
in mich eindrang. Er war eigensinnig, herrisch und
saunervig. Er hatte sogar mein Handy gestohlen, um mich
vom Arbeiten abzuhalten. Also warum keuchte ich seinen
Namen, während er tat, was er wollte?

Indem ich mich an seiner Hand rieb, versuchte ich
ihn dazu zu bringen, meinen Kitzler zu streicheln, mich
bis zum Höhepunkt zu bringen. Er brach unseren Kuss
jedoch ab und biss leicht in meine Unterlippe, gerade so
fest, um mich wissen zu lassen, dass er das Sagen hatte.
„Noch nicht, Katie. Nicht bis ich dir die Erlaubnis
erteile."

Erlaubnis? Was erlaubte er sich! Ich tropfte überall
auf seine Finger.

Meine Scheide umklammerte sie und er zog sie zurück, stieß zwei weitere Male zu, immer darauf bedacht, seine Hand von meiner Klitoris fernzuhalten. Ich stöhnte frustriert auf und er knabberte an meinem Kiefer. „Das ist das Geräusch, das ich von dir hören will." Er berührte meinen Kitzler ein Mal mit einer flinken, leichten Berührung, die mich noch höherschraubte. Ich wimmerte und er kehrte zu meinen Lippen zurück, sprach gegen sie, während sich seine Finger nun sanft aus meiner Pussy rein und raus bewegten, so verdammt langsam, dass ich weinen wollte.

Er küsste mich hart, dann wickelte er meine Beine von seiner Taille und bewegte sich nach unten. Er ließ meine Handgelenke los, kniete sich vor mich hin und schob meinen Rock zu meiner Taille hoch. Mein Spitzenhöschen schob er einfach zur Seite und hielt mich mit einer Hand auf meinem Bauch an Ort und Stelle. Die andere nutzte er, um mich für seinen Mund weit zu öffnen.

„Oh Scheiße", murmelte ich, starrte auf seinen dunklen Kopf zwischen meinen Schenkeln und fühlte seinen heißen Atem über meine intimste Stelle streichen.

Ich sollte ihm sagen, dass er aufhören soll. Wir waren schließlich in dem verdammten Flur einer Bar. Genaugenommen ein hinterer Korridor, aber es könnte jederzeit jemand vorbeilaufen. Ich sollte mich wie eine anständige Professionelle verhalten und es ihm verbieten, ihm sagen, dass er warten musste, bis wir irgendwo mit mehr Privatsphäre wären, mehr-

Er saugte meinen Kitzler in seinen Mund und bewegte ihn mit seiner Zunge und ich vergrub meine Finger in seinen Haaren. Mit zurückgelegtem Kopf bemerkte ich nicht, dass ich meine Augen geschlossen hatte, bis ich ein leises Glucksen zu meiner Rechten hörte.

Schockiert drehte ich mich um, um den heißen Cowboy vorzufinden, den ich im Flugzeug getroffen hatte und der uns nun mit einem interessierten Glanz in den Augen beobachtete. Er lehnte mit überkreuzten Armen an der Wand. Wie lange hatte er uns beobachtet? Zu schockiert, um mich zu bewegen, wimmerte ich stattdessen, als meine Klitoris freigegeben und dann zurück in Sams Mund gesaugt wurde. Wusste er, dass wir nicht allein waren? Falls er es tat, war er einfach zu erfahren, um überhaupt darüber nachzudenken, sich zu schämen. Indem ich gegen seinen Kopf drückte, wollte ich ihm mitteilen, dass er sich wegbewegen sollte. Dann jedoch bewegte er kurz seine Zunge und ich zog an seinem Haar, hielt ihn näher an mich. Ich stand kurz vor meinem Höhepunkt, taumelte an der Schwelle zu einem Orgasmus.

Der Cowboy lächelte und schloss die Entfernung. Der Flur fühlte sich nun beengt an. Nein, ich fühlte mich beengt wegen zwei Männern, die mir ihre vollständige Aufmerksamkeit schenkten. Ein Kerl hatte seinen Kopf zwischen meinen Beinen und ließ mich nur mit seiner Zunge kommen, der Andere sperrte mit seinen breiten Schultern die Welt aus. Er hob seine Hand an meine Wange, streichelte dann mit seinem Daumen über meine Unterlippe. „Ich sehe, du hast meinen Cousin getroffen."

Cousin? Er grinste, dann küsste er mich, heiß, feucht und tief, während Sam meine feuchte Höhle mit seiner Zunge bearbeitete, mich direkt über den Rand und in einen weltbewegenden Orgasmus stieß.

Als mich Sam zum Kommen brachte, erstickte Jack, sein *Cousin*, meine Schreie mit einem Kuss. Ich steckte hier in tiefen, tiefen Schwierigkeiten.

## HOLEN SIE SICH IHR KOSTENLOSES BUCH!

TRAGEN SIE SICH IN MEINE E-MAIL LISTE EIN, UM ALS ERSTES VON NEUERSCHEINUNGEN, KOSTENLOSEN BÜCHERN, SONDERPREISEN UND ANDEREN ZUGABEN ZU ERFAHREN. SIE ERHALTEN EIN KOSTENLOSES BUCH FÜR IHRE ANMELDUNG! TRAGEN SIE SICH IN MEINE E-MAIL LISTE EIN, UM ALS ERSTES VON NEUERSCHEINUNGEN, KOSTENLOSEN BÜCHERN, SONDERPREISEN UND ANDEREN ZUGABEN ZU ERFAHREN. SIE ERHALTEN EIN KOSTENLOSES BUCH FÜR IHRE ANMELDUNG!

kostenlosecowboyromantik.com

## ÜBER DIE AUTORIN

Vanessa Vale ist eine USA Today Bestseller Autorin von über 40 Büchern. Dazu zählen sexy Liebesromane, einschließlich ihrer bekannten historischen Liebesserie Bridgewater, und heißen zeitgenössischen Romanzen, bei denen dreiste Bad Boys, die sich nicht nur verlieben, sondern Hals über Kopf für jemanden fallen, die Hauptrollen spielen. Wenn sie nicht schreibt, genießt Vanessa den Wahnsinn zwei Jungs großzuziehen, findet heraus wie viele Mahlzeiten man mit einem Schnellkochtopf zubereiten kann und unterrichtet einen ziemlich guten Karatekurs. Auch wenn sie nicht so bewandert in Social Media ist wie ihre Kinder, so liebt sie es dennoch, mit ihren Lesern zu interagieren.

www.vanessavaleauthor.com

# HOLE DIR JETZT DEUTSCHE BÜCHER VON VANESSA VALE!

Du kannst sie bei folgenden Händlern kaufen:

Amazon.de
Apple
Weltbild
Thalia
Bücher
eBook.de
Hugendubel
Mayersche